Michael
Leuchtenberger
DERRIÈRE LA PORTE

AF200672

Das Buch

Mit *Derrière La Porte* veröffentlicht Michael Leuchtenberger erstmals einen Sammelband eigener, größtenteils bislang unveröffentlichter Kurzgeschichten, von denen eine – *Lampionfest* – bereits preisgekrönt ist. Die Sammlung deckt unterschiedliche Genres ab, doch ähnlich wie in seinem Debütroman bildet leiser Horror einen Schwerpunkt. Eine unheimliche, bedrohliche Grundstimmung macht sich nahezu überall bemerkbar.

Der Autor

Michael Leuchtenberger wurde 1979 in Bremen geboren und studierte Germanistik und Anglistik mit Schwerpunkt Literaturwissenschaft in Oldenburg und Kingston-on-Thames. Er war einige Jahre als Redakteur in Hamburg tätig, entschied sich 2015 für einen beruflichen Wechsel und begann ein Studium der Sozialen Arbeit. Parallel absolvierte er einen Kurs für Kreatives Schreiben, aus dem mit *Caspars Schatten* sein erster Roman hervorging. Der geisterhafte Thriller erschien im Oktober 2018 und wurde in einer Reihe deutschsprachiger Buchblogs sehr positiv rezensiert. Seitdem arbeitete der Autor hauptsächlich an Kurzgeschichten, aber auch an einem zweiten Roman.

Michael Leuchtenberger

DERRIÈRE LA PORTE

ELF SONDERBARE KURZGESCHICHTEN

Bibliografische Information der Deutschen Nationalbibliothek:
Die Deutsche Nationalbibliothek verzeichnet diese Publikation in
der Deutschen Nationalbibliografie; detaillierte bibliografische
Daten sind im Internet über http://dnb.dnb.de abrufbar.

Cover: François Entringer

Buchsatz: Karl-Heinz Zimmer
gesetzt aus der EB Garamond
erstellt mit *SPBuchsatz*

BoD – Books on Demand, Norderstedt
ISBN: 978-3-7504-0164-8

Dieses Buch enthält Triggerwarnungen auf der letzten Seite gegenüber der Deckel-Innenseite.

Inhaltsverzeichnis

Vorwort

Liebe Leser*innen,

mit *Derrière La Porte* haltet ihr meinen ersten Kurzgeschichten-Sammelband in der Hand. Ich bin sehr stolz auf das Buch und erst recht auf euer Interesse!

Wie kam es zu diesem Band?

Wie wohl die meisten von euch lese ich seltener Kurzgeschichten als Romane. Eigentlich schade, da sie genauso packend und unvergesslich sein können. Einige, besonders die von Edgar Allan Poe, haben mich als Autor sehr inspiriert. Trotzdem habe ich mich zu Beginn meiner Autorentätigkeit lieber direkt in ein Romanprojekt gestürzt.

Doch als ich im Oktober 2018 meinen Debütroman *Caspars Schatten* veröffentlicht hatte, kam mir dieser da draußen in der Welt einsam vor. Dass ich unbedingt weiterschreiben wollte, stand außer Frage, aber bedingt durch Studium und Job hatte ich weniger Zeit dafür. So steckte mein zweites Romanprojekt eine Zeitlang fest.

Kurzgeschichten erschienen plötzlich verlockend mit der Aussicht, schneller an ein Ziel zu gelangen. Die Veröffentlichung meines Debüts und die vielen, positiven Rückmeldungen motivierten mich zusätzlich. Und plötzlich stellten sich auch die ersten Ideen für Short Stories ein. Manche kamen von allein, andere wurden durch Ausschreibungen zu bestimmten Themen angeregt.

So kam ich nach und nach auf die elf sehr unterschiedlichen Geschichten, die hier versammelt sind. Manche, die bereits Texte von mir kennen, könnten überrascht sein. Das hoffe ich sogar, ich habe mich nämlich in verschiedenen Genres versucht.

Ohne zu viel verraten zu wollen, deshalb an dieser Stelle zur Orientierung und Vorwarnung: Wer es schaurig mag und nicht zu Albträumen neigt, dem seien insbesondere die Horrorgeschichten *Das Archiv, Die schwarzen Augen, Marie Marais, Das schwarze Bild* und *Geisternetz* empfohlen.

In *Der Despot* geht ein Schrecken um, der im Gegensatz zu den zuvor genannten rein menschlicher Natur ist. In milderer Form gilt dies auch für *Lampionfest*.

Blauglas fällt, obwohl von Stephen King inspiriert, etwas weniger düster aus, als manche es erwarten mögen. Bei den übrigen Geschichten ist meiner Einschätzung nach keinerlei Warnung nötig.

Für diejenigen unter Euch, die gerne einen Blick auf die Werkbank werfen, habe ich allen Texten ein paar Sätze zur Entstehung vorangestellt.

Weil in mehreren Erzählungen Türen eine wichtige Rolle spielen, fiel mir erst der Titel *Hinter der Tür* ein, dann die französische Übersetzung – aber nicht nur, weil sie schön klingt. Einige Ideen in diesem Band flogen mir auf Reisen in Frankreich zu, zwei der Geschichten spielen dort und das Foto einer alten Tür, auf dem das Cover basiert, entstand in Toulouse.

Kurzgeschichten sind oft Experimente. Alle elf haben mir großen Spaß beim Schreiben bereitet, gerade weil sie so verschieden sind. Welche Versuche geglückt und welche gescheitert sind, das Urteil sei Euch überlassen!

Viel Freude beim Entdecken der Welten hinter den Türen!

Michael Leuchtenberger

Das Archiv

Nachdem ich drei andere Geschichten bereits geschrieben, aber noch nicht veröffentlicht hatte, entstand Anfang Dezember 2018 an nur wenigen Tagen Das Archiv. *Die Story gefiel mir besonders gut und ich empfand sie als typisch für mein Lieblingsgenre, die Gruselgeschichte, inspiriert von Poe, Maupassant und etwas Lovecraft. Darum brachte ich sie im Januar 2019 einzeln als E-Book heraus. Dies ist also meine erste jemals veröffentlichte Kurzgeschichte, in* Derrière La Porte *nun erstmals auch in gedruckter und leicht redigierter Form.*

Hamburg, 2. Dezember 2018

Sehr geehrte Frau Dr. Sperber,

mein Name ist Johannes Meerbusch. Wie ich von meinem Fallmanager Herrn Finke erfahren habe, sind Sie als Psychologin damit beauftragt worden, ein Gutachten über meinen seelischen Zustand zu erstellen. Bevor ich zum vereinbarten Termin Ihre Praxis aufsuche, habe ich das Bedürfnis, Ihnen meine Sicht der Dinge schriftlich darzulegen. Denn seit den Ereignissen, von denen ich Ihnen berichten werde, plagt mich eine tiefe Unruhe. Im direkten Gespräch mit Ihnen werde ich nervös sein und Schwierigkeiten haben, mich zu konzentrieren. Ich werde entscheidende Details vergessen. Sie werden ein verzerrtes Bild von mir und meiner Situation erhalten und ich werde mich maßlos über mich selbst ärgern.

Darum hoffe ich, Sie nehmen diesen Brief wohlwollend zur Kenntnis. Ich versichere Ihnen, dass die folgende Schilderung der Wahrheit entspricht – oder dem, was ich für diese halte.

Es begann damit, dass unsere Abteilung, das Zentrale Prüfungsamt der Hochschule, eine neue Leitung bekam. Frau Krumme hatte sich vorgenommen, lange Aufgeschobenes abzuarbeiten, und ordnete an ihrem dritten Tag ein großes Aufräumen an.

Zwei Tage lang wurden Schränke geleert und tonnenweise Akten vernichtet. Alle mussten mit anpacken. Dabei kam im Schreibtisch meiner Kollegin Frau Erler etwas Kurioses zum Vorschein: eine Schachtel voller nicht näher gekennzeichneter Schlüssel. Keiner wusste mehr, wie sie dorthin gekommen waren oder wozu sie gehörten.

Frau Erler und mir kam die Aufgabe zu, dies herauszufinden. Also probierten wir einen halben Tag lang die Schlüssel in allen Türen und verschließbaren Schränken in unseren Räumen.

Am Ende blieb ein einziger Schlüssel übrig – bis mir einfiel, dass wir noch nicht im Altarchiv gewesen waren.

Das Altarchiv befindet sich im Untergeschoss eines baufälligen Nebengebäudes, dessen Seminarräume fast immer leer stehen. Sie dienen nur noch als Ausweichmöglichkeit, wenn die Kollegen von der Veranstaltungsplanung mal den Überblick verlieren. Das gesamte Gebäude ist unterkellert und bietet viel Platz für die Aufbewahrung unterschiedlichster, längst vergessener Akten. Endlose Regalreihen befinden sich dort unten, vollgestopft mit Papieren, zum Teil über ein halbes Jahrhundert alt.

Manchmal blättert man gedankenverloren durch vergilbte Dokumente von Menschen, die vor langer Zeit prägende Jahre bei uns verbracht haben, und fragt sich, was aus ihnen geworden sein mag, ob sie sich an diese Zeit noch erinnern oder ob sie überhaupt noch leben.

Kaum jemand von uns begibt sich gern da hinunter. Zwar kann es angenehm sein, an hektischen Tagen dort etwas Ruhe zu haben. Doch sieht man kein Tageslicht, nur das schummrige Licht der wenigen Leuchtstoffröhren, die noch funktionieren. Es riecht staubig. Weder herrscht irgendeine fühlbare Temperatur, noch gibt es genug Luft zum Atmen. Nicht selten wird einem schwindelig, wenn man stundenlang schwere Aktenordner aus Regalen heraus- und wieder hineinwuchtet. Nichts bewegt sich dort unten, alles ist still und leblos.

Besonders irritierend sind die gewaltigen Rollregale, die mit Kurbeln an der Seite auseinandergeschoben werden müssen, damit man überhaupt an sie herankommt. Manche von ihnen haben ein Eigenleben. Hat man den schmalen Gang zwischen ihnen betreten und ist dort in die Suche nach einer Akte vertieft, fangen sie manchmal an, langsam zurückzurollen. Mir selbst ist es schon passiert, dass ich fast zwischen ihnen eingeklemmt worden wäre und nur um Haaresbreite entkam.

Noch dazu ist man meist komplett allein im ganzen Gebäude, vollkommen abgeschnitten von der Außenwelt. Mobiltelefone haben keinen Empfang. Darum sagen wir meist den Kollegen Bescheid, bevor wir uns dort hinunterbegeben.

Nun war da also dieser Schlüssel, der uns ratlos machte. Was sollte im Archiv schon sein, wozu er passen konnte?

Mir fiel ein, dass es am anderen Ende des langgestreckten

Kellers, hinter den Regalen, einen kurzen, niedrigen Gang gab. Der führte zu einer Tür, die keiner von uns je geöffnet hatte.

Also nahm ich den einzelnen, schon etwas verrosteten Schlüssel und machte mich auf den Weg.

Um die Tür überhaupt zu erreichen, musste ich zunächst ein Regal nach dem anderen zur Seite kurbeln, dann hinter dem äußersten Regal an der Wand entlang den ganzen Keller durchqueren.

Auf der anderen Seite funktionierte das Licht nicht. In dem kleinen Gang, der zu der fraglichen Tür führte, war es sehr dunkel, das Schloss konnte ich nur ertasten.

Die Tür war aus Metall und fühlte sich kalt an. Ich nahm den Schlüssel aus meiner Hosentasche und führte ihn vorsichtig zum Schloss, um ihn nicht im Dunkeln zu verlieren.

Er passte tatsächlich.

Das Schloss ließ sich problemlos öffnen, die Klinke klemmte allerdings. An der Tür musste ich kräftig ziehen, sie war sehr schwer und die Unterseite schrammte am Boden entlang, was ein hässliches, laut schabendes Geräusch gab. Nur etwa zur Hälfte ließ sich die Tür öffnen, danach steckte sie fest.

Meine Augen gewöhnten sich etwas an die Dunkelheit und ich erahnte, dass in dem Raum dahinter weitere Regale standen. An der Wand tastete ich nach einem Lichtschalter, fand links zunächst keinen, dann aber zwei auf der rechten Seite. Erst als ich den zweiten drückte, flackerte rechts vor mir eine von Spinnweben umhüllte Röhre an der Decke auf. Sie erleuchtete einige kürzere Regalreihen in einem nahezu quadratischen Raum, der niedriger war als der Rest des Kellers. Auch diese Regale waren voll mit Akten, in manchen standen Kisten und Kartons.

Ich betrat den Raum, in dem es abgestanden roch. Hier und

da schaute ich in einige Ordner hinein, alle waren randvoll mit sehr alten Papieren.

Bei meinem Rundgang sah ich, dass in der Ecke links hinten, wo das Licht nicht funktionierte, der Boden schmutzig war. Auch die Wände dort waren bis zur Decke fleckig und dunkel, fast schwarz. Ein wenig sah es aus, als hätte jemand in der Ecke etwas verbrannt, jedoch lagen keine Papierreste oder ähnliches auf dem Boden. Auch waren die Verfärbungen an der Wand dafür zu ungleichmäßig. Hier und da bildeten sie rundliche Flecken, während der Putz dazwischen nicht betroffen war.

Die Luft war so schlecht, dass ich nicht länger bleiben wollte. Ich nahm einen der Ordner aus dem Regal, schloss die Tür hinter mir ab und ging wieder nach oben.

Zu meiner Verblüffung war Frau Krumme begeistert, als ich ihr den alten Ordner zeigte. Sie sei damit beauftragt worden, die Historie unserer Abteilung neu zu dokumentieren, der wiederentdeckte Archivraum käme ihr deshalb wie gerufen. Ich sollte ihr so bald wie möglich berichten, was sich darin alles befand und alle Dokumente einmal sichten.

Ihr muss klar gewesen sein, dass dies mehrere Tage in Anspruch nehmen würde. Bis heute frage ich mich, ob dies wirklich so dringend nötig war. Hatte sie von Anfang an etwas gegen mich und war froh, wenn ich nicht in der Nähe war? Hatte jemand ihr gegenüber schlecht über mich geredet?

Die Aussicht darauf, an diesem unwirtlichen Arbeitsplatz tagelang einer monotonen Arbeit nachzugehen, stimmte mich missmutig. Da ich aber nicht gleich in der ersten Woche einen schlechten Eindruck auf Frau Krumme machen wollte, kam ich ihrem Wunsch nach und begann noch am gleichen Tag mit der Bestandsaufnahme.

Schon nach den wenigen Stunden, die ich an diesem ersten Tag im Archiv verbrachte, hätte ich vorgewarnt sein müssen, dass dort etwas nicht stimmte.

Ich nahm mir zuerst die Kisten vor, in denen aber meist nur Gerümpel war, alte Büromaterialien und leere Aktenordner. Doch fand ich auch einige wissenschaftliche Zeitschriften aus verschiedenen Fachbereichen und begann, darin zu blättern. Alle waren sehr alt, bis in die vierziger Jahre reichte die Sammlung zurück.

Zwar tauge ich nicht zum Wissenschaftler, habe mich aber schon immer für vielerlei Themen interessiert, seien es Chemie und Biologie, Philosophie oder Geschichte. Mehrere Stunden saß ich auf einem kleinen, unbequemen Hocker, las die unterschiedlichsten Artikel und dachte darüber nach, dass all die Forscher, die einmal sehr stolz auf ihre Veröffentlichungen gewesen sein mussten, inzwischen tot und vergessen waren.

Unschlüssig, was ich mit dem Stapel längst überholter Erkenntnisse anstellen sollte, stand ich auf und legte ihn zurück in eine der Kisten. Dabei wurde mir derart schwindlig, dass ich mich längere Zeit am Regal abstützen musste. Einen Moment lang war ich sicher, das Bewusstsein zu verlieren. Es rauschte in meinen Ohren, leuchtende Punkte tanzten vor den Augen.

Ich atmete tief durch und nahm zum ersten Mal wahr, dass es in dem Keller nicht bloß abgestanden roch. Etwas anderes drang mir in die Nase, was nicht vom alten Papier und Staub herrührte. Der Geruch war süßlich, erinnerte an Blumen oder Früchte, aber war mir zugleich doch fremd.

Ich fragte mich, ob mich in den anderen Kartons etwas erwarten würde, das diesen eigentümlichen Geruch verströmte, ließ es für diesen Tag aber gut sein. Mit zittrigen Knien verließ ich den Raum und verabschiedete mich kurz bei den Kollegen, wobei Frau Erler bemerkte, dass ich blass aussähe und mir nicht zu viel zumuten solle.

Tatsächlich kam ich am nächsten Tag eine knappe Stunde später zur Arbeit als sonst. Denn in der Nacht schlief ich unruhig und es fiel mir sehr schwer, morgens aufzustehen. Schon leicht benommen, aber ausgestattet mit einer vollen Thermoskanne Kaffee, machte ich mich wieder an die Arbeit und nahm mir vor, es von nun an schneller hinter mich zu bringen.

Immerhin schaffte ich es am Vormittag, den Inhalt aller Kisten zu sortieren, wobei ich durchaus Bewahrenswertes fand. Ich erinnere mich an wissenschaftliche Abhandlungen über die Phonetiksysteme einiger exotischer Sprachen und sogar Bildmaterial von archäologischen Forschungsreisen.

Den sonderbaren Geruch nahm ich an diesem Tag gleich zu Anfang wahr und er irritierte mich zunehmend, ohne dass ich herausfinden konnte, woher er kam. Ich versuchte, mich nicht weiter davon beirren zu lassen, und nahm mir gegen Mittag die Aktenordner vor. Ein- oder zweimal sah Frau Erler nach mir und schaute mitleidig, war aber schnell wieder verschwunden. Sie mochte das Archiv noch weniger als ich und war im Grunde froh, dass nicht sie selbst diese Arbeit tun musste.

Nach einem halben Tag kam das Schwindelgefühl zurück. Ich legte eine Pause ein, trank meinen Kaffee aus, wollte aber die Arbeit auch nicht unnötig aufschieben. Zudem muss ich gestehen, dass mich die alten Dokumente faszinierten. Wieder vergaß ich die Zeit, während ich mir nun mit der Schreibmaschine getippte Zeugnisse und Urkunden ehemaliger Studierender ansah. Ich entzifferte lange, manchmal kryptische Titel von Diplomarbeiten und überlegte erneut, wieviel Wissen hier aufeinandertraf, das jetzt niemanden mehr interessierte. Das machte mich schwermütig.

Irgendwann schreckte ich hoch. Mit einem Ordner auf den Knien und der Stirn ans Regal gelehnt musste ich wohl eingenickt sein. Ich hatte das Gefühl, von einem entfernen Poltern geweckt worden zu sein, aber war nicht sicher, ob ich es nur geträumt hatte.

Ich stellte den Ordner zurück und stand auf. Sofort drehte sich alles um mich herum, noch stärker als zuvor. Mir wurde schwarz vor Augen. Ich sackte zusammen und schlug mit dem Hinterkopf gegen einen der metallenen Regalböden.

Gegen eine Ohnmacht kämpfend blieb ich liegen, ohne zu wissen, wie lange. Ich versuchte, ruhig zu atmen. Immerhin blutete ich nicht am Kopf, aber die Stelle pochte und schmerzte. Am ganzen Körper brach mir kalter Schweiß aus.

Irgendwann schaffte ich es, mich aufzurichten. Ich hatte wenig Nahrung zu mir genommen, wenig Sauerstoff und Tageslicht gehabt. Es war kein Wunder, so redete ich mir ein, dass mein Kreislauf zusammenbrach.

Mit vorsichtigen, kleinen Schritten, schwach wie ein Greis, begab ich mich zur Tür. Bevor ich in dem kleinen Raum das Licht ausschaltete, fiel mein Blick in die linke, hintere Ecke. In meiner Verfassung traute ich meinen Sinnen nicht, aber dort, auf der dunkleren Seite des Raumes, hatte sich die Schwärze an der Wand weiter ausgebreitet. Sie war in Richtung Ausgang gewandert und hatte neue, rundliche Flecken gebildet, wie Inseln, die aus dem Meer aufgestiegen waren.

Irgendetwas stimmte dort nicht, dachte ich mir. Wahrscheinlich waren die Wasserleitungen uralt und leckten. Also beschloss ich, am nächsten Morgen den Hausmeister zu suchen und ihm den Raum zu zeigen.

Ohne noch einmal nach meinen Kollegen zu sehen, schleppte ich mich an diesem Abend nach Hause.

Dort angekommen, hatte ich trotz meines Schwächegefühls wenig Appetit. Ein migräneartiger Schmerz in der Schläfe machte mir zu schaffen. Ich legte mich ins Bett und schlief diesmal sofort ein. In der Nacht war ich trotzdem unruhig, warf mich hin und her, träumte wirr und war fast froh, als am nächsten Morgen der Wecker klingelte.

Sie fragen sich jetzt vielleicht, warum ich mich an diesem Tag nicht krankmeldete. Ich kann es Ihnen leider nicht sagen. Es wäre das einzig Richtige gewesen. All das Schreckliche, was mir noch bevorstand, wäre nie passiert. Aber ich spulte meine Morgenroutine ab. Wie ferngesteuert, sehr müde und mit schmerzendem Hinterkopf wegen des Sturzes am Vortag ging ich zur Arbeit.

Ich weiß noch, dass ich den Hausmeister suchte, um ihn auf einen möglichen Wasserschaden im Archiv hinzuweisen, er aber nicht in seinem Büro war. Auch an ein kurzes Gespräch mit meiner Vorgesetzten erinnere ich mich, die mich diesmal darum bat, nach Unterlagen aus dem Architekturstudiengang in den 60er Jahren zu suchen. Auch das kommt mir jetzt absurd vor. Wen sollten diese Papiere noch interessieren?

Aber ich nahm den Auftrag ohne Protest entgegen und machte mich ans Werk. Den seltsamen Geruch nahm ich beim Betreten des Raums wohl schon gar nicht mehr wahr. Ob ich mir die schwarzen Flecken in diesem Moment noch einmal ansah, weiß ich nicht mehr.

Vielleicht erkennen Sie anhand meiner Schilderung, dass

mich an diesem Morgen mein Verstand bereits ein Stück weit verlassen hatte.

Irgendwann muss ich wieder an meinem Platz zwischen den Regalen gesessen haben. Dass ich tatsächlich einige der Dokumente fand, die Frau Krumme so am Herzen lagen, daran erinnere ich mich undeutlich. Ich glaube, ich machte Platz dafür in einem Karton und deponierte ihn neben der Tür.

Danach verschwimmt einiges in meiner Erinnerung, und ich möchte Ihnen an dieser Stelle nochmals versichern, dass ich hier nun alles so wiedergebe, wie ich es nach bestem Gewissen kann. Dabei sträube ich mich innerlich dagegen, weil ich das, was ich gesehen und gefühlt habe, lieber vergessen will. Doch ich weiß, dass es unausweichlich ist, wenn ich Ihnen deutlich machen möchte, wie es mir geht.

Ich bin mir sicher, dass ich an diesem Tag erneut nicht auf die Zeit achtete und auch keine Pause machte. Ob mich Frau Erler oder andere Kollegen besuchten, weiß ich nicht mehr. Unzählige Akten muss ich durchgesehen haben, Unmengen an Zahlen und Buchstaben, die ich vielleicht gar nicht mehr verstand.

Es muss so gewesen sein, dass ich irgendwann für eine längere Zeit einschlief. Aus mir unerklärlichen Gründen wurde ich nicht auf meinem Stuhl, sondern auf dem Boden wieder wach, als hätte ich mich absichtlich dort zum Schlafen hingelegt. Erst in diesem Moment wurde mir der fremde Geruch wieder bewusst, der mir nun stärker vorkam, aufdringlich und unangenehm.

Ich stand langsam auf, wieder war mir schwindlig, aber es gelang mir, mich rechtzeitig festzuhalten.

Beim Blick auf meine Armbanduhr erschrak ich, denn es war längst Abend geworden.

Als ich mich das erste Mal nach längerer Zeit im Raum umschaute, sah ich nicht nur die Berge von Ordnern, die ich wohl an diesem Tag durchgesehen hatte, ohne sie wieder einzuräumen. Ich erkannte auch, dass die schwarzen Flecken sich an allen Wänden ausgebreitet hatten, auch an der Decke, fast bis zur Tür. Manchmal waren es nur Ansammlungen von Punkten, manchmal waren sie tellergroß. Auch auf dem Fußboden waren dunkle Stellen aufgetaucht, und als ich sie näher betrachtete, sah ich, dass sich darauf ein Belag gebildet hatte, als würde darauf etwas wachsen.

Ich ging hinüber zu der Wand, an der es anfangen hatte, und konnte es kaum fassen, als ich genauer hinsah. Der schwärzliche Belag hatte dort große Wucherungen gebildet, wie dichtes Moos, aus dem hier und da größere Triebe sprossen, manche so lang wie mein Unterarm.

Es war mir völlig unerklärlich, was ich vor mir hatte.

Erst dann begriff ich, dass von diesem Gewächs die ganze Zeit schon der fremde Geruch ausging. Er war jetzt überaus penetrant und verursachte mir Übelkeit, als ich zögernd näher heranging.

Mit einigem Abstand starrte ich zunächst nur dorthin. Je länger ich hinsah, desto mehr hatte ich den Eindruck, dass sich die längeren Triebe sogar bewegten. Aber ich redete mir ein, dass meine Sinne verrücktspielten.

Ich wollte nur noch so schnell wie möglich nach Hause und nahm mir vor, diesen Raum nie wieder zu betreten. Das Licht in der Kammer schaltete ich aus und beeilte mich, den Hauptraum des Archivs zu durchqueren. Selbst bis dorthin war der üble Geruch schon vorgedrungen. Ich wollte dem nur noch entkommen, endlich wieder hinaus an die frische Luft.

Als ich aber die Tür erreichte, die durch das Treppenhaus ins Freie führte, war diese verschlossen. Ich hatte die Sperrzeit verpasst und jemand hatte mich im Archiv eingeschlossen, ahnungslos, dass ich schon seit Tagen dort unten arbeitete.

Wütend zog und rüttelte ich an der Tür und schrie um Hilfe, aber es war nichts zu machen. Es stand fest, dass ich die Nacht dort würde zubringen müssen. Und es war noch nicht einmal sicher, wann jemand am nächsten Tag auf die Idee kommen würde, nach mir zu suchen.

Der süßliche Gestank hatte sich mittlerweile im gesamten Archiv ausgebreitet, und ich fragte mich, wie ich es über viele Stunden damit aushalten sollte. Ohnehin fühlte ich mich schwach, denn wieder hatte ich den ganzen Tag nicht daran gedacht, etwas zu essen oder zu trinken.

Aber nicht nur mein Körper ließ mich im Stich. Auch mein Verstand war überfordert mit der Frage, wie ich ihn bis zum nächsten Morgen bewahren sollte.

An der verschlossenen Tür lehnend versuchte ich, klar zu denken. Bis mir ein Einfall kam, der mir wie ein Licht am Ende des Tunnels erschien: Ich würde das gerade erst wiederentdeckte Archiv von außen abschließen und die Nacht direkt hinter dem Haupteingang verbringen. Was dort in der Ecke wuchs, würde nicht hinausgelangen. Vielleicht würde dann auch der Gestank hier im großen Saal nachlassen. Und ich würde sofort bemerken, wenn jemand den Eingang von außen aufschloss.

Niemand sollte überhaupt je wieder diesen furchtbaren Raum betreten. Den wiedergefundenen Schlüssel würde ich vergraben oder in den Fluss werfen.

Nur noch einmal würde ich kurz dort hinein müssen, um meine Jacke mitsamt dem Schlüssel zu holen. Innerlich fluchend, weil ich ihn nicht wieder in die Hosentasche gesteckt hatte, machte ich mich auf den Weg zurück.

Schon nach den ersten Schritten wurde der Gestank wieder aufdringlicher. Im schmalen Gang hinter den Regalreihen war er so heftig, dass sich mir der Magen umdrehte. Bereits im großen Hauptraum verfärbte sich die Wand nun schwarz. Ich konnte zusehen, wie sich neue Ausläufer der Wucherung bildeten. In dunklen Schleifen zog es sich jetzt an der Wand entlang.

Ich war fest überzeugt, die Tür schließen zu müssen, um es wenigstens einzudämmen, sonst würde es in kürzester Zeit das gesamte Gebäude verschlingen und mich dazu.

Mit den Händen vor Mund und Nase, um von dem Gestank nicht verrückt zu werden, stolperte ich weiter. Doch der Eingang zu der Kammer war als solcher gar nicht mehr zu erkennen. Der enge Gang davor war ein einziges, von schwarzem Moos bedecktes Loch, in dem sich alles zu bewegen schien. Widerliche, schwarze Ranken wuchsen daraus hervor, so schnell, dass ich dabei zusehen konnte. Nicht mehr nur an der Wand – sie krochen auch an der Decke entlang, fingen sogar an, von dort nach den Regalen zu greifen und daran herabzuklettern.

Es war zu spät. Was immer sich hier ausbreitete, war durch nichts aufzuhalten. Und für mich gab es kein Entkommen.

Noch einmal muss ich mich sehr konzentrieren, um Ihnen das, was dann passierte, zu schildern.

Ich machte kehrt, lief zurück zum Haupteingang, so weit wie möglich von diesem Etwas weg. Wie weit ich kam, weiß ich nicht mehr. Ganz sicher weiß ich, dass ich mich von den giftigen Gasen, die es verströmte, übergeben musste. Wahrscheinlich konnte ich mich danach nicht mehr auf den Beinen halten, krabbelte auf allen vieren.

Dass überall um mich herum auf dem Boden das schwarze Zeug zu wachsen begann, fühlte ich mehr mit den Händen, als dass ich es sah, weil meine Augen von den Ausdünstungen tränten. Es fühlte sich scheußlich an.

Feucht, aber nicht kalt.

Lebendig.

Ich würgte, konnte kaum noch atmen. Das Moos begann um meine Finger herum zu wuchern, erst über meine Handrücken, dann die Unterarme hinauf, ohne dass ich die Kraft hatte, aufzustehen und mich davon zu befreien.

Was mich in völlige Panik verfallen ließ, war noch etwas anderes: Etwas, das von oben kam, berührte meinen Rücken. Die Ranken krochen vom Regal über mir direkt auf mich herab, als hätten sie es allein auf mich abgesehen. Ich wollte wegkrabbeln, es abschütteln, aber ich hatte nicht nur zu wenig Kraft, sondern steckte schon mit Händen und Füßen zu tief in dem, was da am Boden emporwuchs.

Während ich dies schreibe, steigt mir der Geruch wieder in die Nase, mir wird flau im Magen. Ich werde nervös und mir bricht der Schweiß aus.

Als ich dort hockte, in Todesangst und völlig wehrlos, gab der Boden unter dem Pflanzengewirr nach, als wäre er einfach nicht mehr da. Ich sank darin ein. Gleichzeitig glitt etwas über meinen Rücken, umschlang meinen Oberkörper und zerrte an mir, dass mir der Atem wegblieb.

Vielleicht ist es eine Gnade, dass ich mich an mehr nicht erinnere. Ich muss irgendwann wieder das Bewusstsein verloren haben. Meine nächste Erinnerung ist, dass ich schweißgebadet auf dem Boden im Archiv wach wurde. Mit dem Gesicht nach unten lag ich auf dem kalten Beton, bis jemand neben mir war und mich auf den Rücken drehte. Zwei Personen, die ich blinzelnd als Frau Erler und den Hausmeister erkannte, versuchten, mich zu wecken.

Ich geriet wieder in Panik, wollte sie warnen vor dem, was da über mich hergefallen war, bis mir dämmerte, dass die beiden nichts dergleichen sahen – nur mich, wie ich hilflos vor ihnen am Boden lag.

Erst brachte ich kein Wort hervor und konnte nicht begreifen, dass das, was ich gesehen, gefühlt und gerochen hatte, alles auf einmal verschwunden war. Tage brauchte ich, um den Gedanken zuzulassen, dass möglicherweise nicht alles davon real gewesen war. Völlig überzeugt davon bin ich bis heute nicht. Ich glaube, ich werde es auch nie sein können.

Den versteckten Archivraum habe ich niemals wieder betreten. Nach meinem Bericht wurde er untersucht, wobei man tatsächlich einen erheblichen Wasserschaden und, wie es hieß, ungewöhnlich heftigen Schimmelpilzbefall in Teilen des Raumes feststellte. Der Betriebsarzt bestätigte, dass meine Gesundheit von der langen Arbeit in dem unbelüfteten Raum massiv beeinträchtigt worden war. Über eine Woche lang wurde ich in einer Spezialklinik gegen eine Vergiftung behandelt. Nach wie vor fühle ich mich geschwächt, leide unter Appetitlosigkeit und gelegentlichem Schwindel.

Wie Sie sich nach meiner Schilderung vielleicht vorstellen können, werde ich von Albträumen verfolgt, nicht nur nachts. Ich werde den Geruch nicht los, ebenso wenig wie das Gefühl, wie dieses Gewächs unter meinen Fingern zum Leben erwacht. Am helllichten Tag glaube ich, schwarze Flecken nun auch in den Wänden meiner Wohnung zu entdecken. Auch im Krankenhaus habe ich das Personal mehrfach gebeten, die Wände in meinem Zimmer danach abzusuchen. Für meine Mitmenschen bin ich mit diesen Ängsten eine große Belastung.

Mir bleibt nur die Hoffnung, dass ich das Erlebte irgendwann mit Abstand betrachten kann und auf Menschen treffe, die Verständnis für meine – zugegeben sehr ungewöhnliche – Geschichte zeigen.

Ich bitte Sie mit Nachdruck, meinem Bericht Glauben zu schenken, da für mich sehr viel davon abhängt, und verbleibe, mit freundlichem Gruß,

Ihr
Johannes Meerbusch

Lampionfest

*Diese Erzählung, die eine eigentlich sehr schöne Kindheitserin-
nerung weiterspinnt, ist die allererste Kurzgeschichte, die ich
jemals geschrieben habe. Und sie ist aus einem zweiten Grund
etwas Besonderes: Nachdem ich den Text noch einmal stark
redigiert hatte, gewann ich damit den Schreibwettbewerb von
Litopian e.V. zum Thema* Zeitgeist 2020. *Die dazugehörige
Anthologie war bei Fertigstellung dieses Bandes noch in Arbeit
und für ein Erscheinen im Jahr 2019 geplant.*

»Was ist denn mit mir los?«, fragte Judith laut, während sie
sich die Augen wischte.

Zum zweiten Mal an diesem Tag flennte sie.

Dabei hatte sie sich doch immer so sehr im Griff, dass sie sich
selbst manchmal damit langweilte.

Gerade hatte sie eine Keramikschüssel aus dem Schrank ge-
holt, in dem sie das wenige, auf dem Campingplatz benötigte
Geschirr verstauten. Die dickwandige Schüssel mit dem üppi-
gen Pflanzendekor: dunkelgrüne Ranken mit lachsrosa Blüten.
Ein Ding, das sie an Muttchen erinnerte, die darin immer ihren
Kartoffelsalat zubereitet hatte.

Muttchen war tot, Judith dachte nicht mehr oft an sie. Aber
dieser Ort und dieser Tag holten die Erinnerungen zurück.

Das war nichts Ungewöhnliches. Aber sonst heulte sie nicht
deswegen.

Am Morgen schon hatte es angefangen. Während sie auf dem Plastikstuhl vor dem Zelt ihren Kaffee getrunken hatte, hatte sie sich länger als sonst mit Elvis, ihrem Cocker Spaniel, beschäftigt, ihn ausgiebig gestreichelt. Der Hund hatte sich so gefreut, dass es sie zu Tränen gerührt hatte. Sie waren ihr heiß die Wangen heruntergelaufen, während Elvis seinen Kopf gegen ihren Handrücken gepresst hatte.

Dabei war doch alles gut: Alex und Boris, ihre Jungs, hatten Ferien und sich wie jedes Jahr auf das Fest gefreut. Olli, ihr Mann, hatte sich die Mühe gemacht, eine Playlist zusammenzustellen. Und bis auf den vom Wohnwagenbett verspannten Rücken fühlte auch Judith sich gut.

Trotzdem machte sich eine Traurigkeit in ihr breit, die sie hier, an diesem Tag, nicht wegschieben konnte.

Einen Großteil ihrer Kindheit hatte Judith hier verbracht. Endlose Sommer, die ihre schönsten Erinnerungen waren. Entdeckungstouren per Rad und Baden im Fluss. Der Geschmack frischer Erdbeeren, der Geruch gegrillter Steaks. Nachtspaziergänge mit Taschenlampen und Morgentau im Gras.

Und das Lampionfest, Höhepunkt eines jeden Sommers.

Seit Jahrzehnten hatte sich hier nichts verändert. Die nachwachsende Generation des Campingvereins setzte die Tradition selbstverständlich fort.

Das Fest zu versäumen, war für Judith unvorstellbar. Zu schön war es, wenn abends überall bunte Lichter glühten. Laternen in den Bäumen, lange Ketten aus Lämpchen an den Zelten und Wohnwagen, Fackeln an den Wegesrändern. Der ganze Platz wurde von allen in eine andere Welt verwandelt. Jedes Jahr war es spannend, nach Einbruch der Dunkelheit herumzulaufen und die Farben und Lichter zu entdecken.

Der größte Zauber dieser Lichterwelt war für Judith mit ihrer Kindheit vergangen.

Aber es drehte sich nicht alles um die Lampions.

Das Fest begann traditionell mit einem Buffet auf dem verwitterten Tisch in der Mitte des Platzes, bei dem Unmengen an Speisen zusammenkamen. Ulfs Heringssalat durfte ebenso wenig fehlen wie Ingrids Zwetschgenkuchen.

An diesem Tag wich die Ruhe, die hier manchmal drückend werden konnte, einem geschäftigen Treiben. Überall wurde getratscht und gelacht. Das Gejohle der Kinder, die Schnitzeljagden und Rallyes veranstalteten, war dreimal so laut.

Und natürlich gab es Musik.

Auf dem Tanzboden neben dem Festzelt wurde oft bis spät in die Nacht gefeiert, und auch die Kinder durften wach bleiben und zwischen den Erwachsenen herumhopsen.

Judith liebte die Musik und das ausgelassene Tanzen.

Warum heute die Tränen?

Ein Teil von ihr trauerte, doch sie begriff nicht, warum.

Noch einmal wischte sie ihre Augen und war heilfroh, dass sie allein im Vorzelt stand.

Dann begann sie, die Kartoffeln zu schälen.

»Wie läuft's in der Spedition?«, fragte Ingrid, während sie der Speisetafel zustrebten, Judith mit der vollen Salatschüssel in beiden Händen, Ingrid ihr Kuchenblech balancierend. Zwetschgenkuchen, das stand für Judith außer Frage, auch wenn das Blech mit Alufolie bedeckt war, wegen der Wespen.

»Ganz gut«, antwortete sie. »Ich bin aber froh, nur 25 Stunden im Büro zu sein. Will nicht mehr aufstocken.«

»Zu viel Arbeit?«

»Wegen meiner Chefin.«

»Hm.«

Ingrid stellte das Blech ab, und Judith wunderte sich, dass sie nicht nachbohrte, wie sie es sonst tat.

Ingrid war nur unwesentlich jünger als Muttchen gewesen war, aber geistig und körperlich flink. Sie verbrachten gerne zusammen Zeit auf dem Platz.

Jetzt wirkte Ingrid abwesend, als wäre auch ihr nicht nach Feiern zumute.

»Ich hab was vergessen«, sagte sie, und lief zurück in Richtung des Wohnwagens, den sie mit ihrem Mann Bernd seit Menschengedenken bewohnte.

Judith blieb am Buffet stehen und sah sich um. Der große Gemeinschaftsplatz, ein von Wohnwagen umringtes Oval, war in Sonnenlicht getaucht. Der Sommer wollte in diesem Jahr nicht enden. Nur die Schatten wurden langsam länger. Die Blätter an den Bäumen verloren nach der langen Hitze früher ihre Kraft.

Weiter hinten lag der Spielplatz verlassen da. Alle Kinder waren mit Platzwart Rudi und den Hunden in den Wald gegangen, Alex und Boris hatten Elvis mitgenommen.

Judith betrachtete die hohe Schaukel, auf der sie als kleines Mädchen jeden Tag stundenlang in Gedanken um die Welt geflogen war.

Schon verschwamm wieder ihre Sicht.

Fast panisch sah sie sich um.

Die erschreckende Vorstellung, mitten auf dem Platz, auf dem

Präsentierteller für alle, in Tränen auszubrechen, überlagerte die Bilder der Vergangenheit.

Judith lief schnell zu ihrem Wohnwagen zurück, um das Salatbesteck zu holen.

◇

Olli war dabei, die Lichterkette, die er entlang ihrer Hecke verlegt hatte, an den Strom anzuschließen. Während er prüfte, ob alle Lampen funktionierten, fragte er: »Ist heute nicht irgendwas komisch?«

»Absolut!«

»Ich dachte schon, es liegt an mir. Sind alle gestresster als sonst?«

»Keine Ahnung. Ingrid war auch seltsam.«

»Alle benehmen sich, als wollten sie gar nicht hier sein.«

Sie hingen große Laternen in die Kiefern links und rechts von ihrer Einfahrt, und schwiegen, bis Olli fortfuhr: »Neulich nach der Mitgliederversammlung war es ja auch schon ... Sagen wir: angespannt.«

Daran hatte Judith gar nicht mehr gedacht.

Seitdem hatten sie viel um die Ohren gehabt: Zeugnisse in der Schule. Ollis kranker Vater. Sie selbst war zwei Tage auf einer Fortbildung in Hannover gewesen.

Davor hatte es diese Versammlung gegeben. Den anschließenden Umtrunk mit Rudi, Bernd und anderen Vereinsmitgliedern. Das Planungsgespräch für das Lampionfest – bei dem es nicht viel zu klären gab, schließlich lief es jedes Jahr gleich ab – war ins Politische abgeglitten.

Geradezu unausweichlich war das in diesen Zeiten. Die Stimmung war seit ungefähr drei Jahren viel aufgeladener als Judith es je zuvor erlebt hatte. Selbst in belanglosen Unterhaltungen funkte das Thema plötzlich auf.

Rudi hatte erzählt, dass seine 16-jährige Nichte auf der Reeperbahn von mehreren Männern umzingelt und begrapscht worden war. Dies hatte von fast allen Anwesenden empörte Kommentare über offene Grenzen und Schmarotzertum nach sich gezogen.

»Diese so genannten Flüchtlinge haben hier alle nichts zu suchen«, hatte Bernd gepoltert.

Jemand anderes hatte gefordert, diese Männer sollten lieber zurück zu ihren Familien gehen, die sie im Stich gelassen hätten, und ihre Länder aufräumen, statt den Deutschen ihre Jobs wegzunehmen.

Judith hatte sich kaum beherrschen können, hatte von Rassismus gesprochen, während Olli vergeblich versucht hatte, zu vermitteln.

Jetzt, als sie das erste Mal wieder daran dachte, fiel Judith ein: Alle hatten sich ohne Abschiedsgruß getrennt.

»Meinst du, es ist deswegen?«

Olli zuckte mit den Schultern und sagte: »Kann schon sein. Aber Wochen später deswegen schlechte Stimmung zu verbreiten ...«

»Wieso? Haben sie heute irgendwas zu dir gesagt?«

»Nein, niemand hat irgendwas gesagt. Das meine ich ja.«

Judith dachte nach.

Sie war so sehr mit ihren ungewohnten Gefühlen beschäftigt gewesen.

Es stimmte.

»Ja. Ich habe heute eigentlich noch mit niemandem so richtig gesprochen.«

Wie automatisch befestigte Judith die kleine Lichterkette am Zelteingang. Sonst freute sie sich darüber, dass die leuchtenden Farben ihn wie die verheißungsvolle Tür zu einem Festsaal aussehen ließen, doch an diesem Tag registrierte sie die Veränderung kaum. Neben dem Durchgang zum zentralen Platz steckte sie ebenso abwesend die Fackeln in den weichen Boden. Als die Kinder aus dem Wald zurückkamen, strich sie über ihre Köpfe, schon waren sie wieder auf und davon.

Erst als das Buffet eröffnet war, schien sich die Stimmung zu lockern. Hier und da lachte jemand und zumindest litten nicht plötzlich alle unter Appetitlosigkeit.

Judith nahm sich ein Bier und eine halbvolle Plastikschale mit Kartoffelsuppe.

Als sie Astrid und Alba sah, setzte sie sich zu ihnen. Nachdem Astrid viele Jahre allein Urlaub in ihrem Wohnwagen gemacht hatte, brachte sie seit einigen Monaten ihre spanische Freundin Alba mit. Judith mochte die besonnene, hilfsbereite Astrid und freute sich, dass sie doch noch ihr Glück in der Zweisamkeit gefunden zu haben schien.

Astrid wünschte einen guten Appetit und lächelte, aber das Lächeln wirkte flüchtig.

Judith beschloss, sich nicht beirren zu lassen. »Wie geht es euch?«, fragte sie, und sah Alba an. Doch die stand auf und lief zum Buffet.

»Ganz gut, danke«, antwortete Astrid. »Und euch? Was machen die Jungs?«

Dabei sah sie Judith nicht an, sondern blickte nach vorne auf die Tanzfläche, obwohl diese noch vollkommen leer war.

Es war nicht Astrids Art.

Judith flüchtete sich ins Plappern: »Ach, denen geht's großartig. Jetzt haben sie die Zeugnisse, da kann ihnen alles egal sein. Obwohl, du kennst ja Alex, mit seinem Ehrgeiz. Die Drei in Mathe wurmt ihn tierisch. Das war wegen Geometrie. Er sollte sich was abschneiden von Boris, der ist da viel entspannter. Manchmal zu entspannt, wenn ich …«

Astrid stand plötzlich auf und sagte: »Entschuldige, ich muss mal eben zur Toilette und dann kurz in den Wohnwagen. Wir sehen uns gleich noch, oder?«

Judith war baff.

Am anderen Ende des Zeltes saß Olli mit den beiden Jungs am Tisch.

Als sich ihre Blicke begegneten, schüttelte sie den Kopf.

Olli zuckte mit den Schultern. Nicht gleichgültig, sondern ebenso ratlos.

Dann bemerkte Judith, dass ihre Hände zitterten.

Später, als alle bei Wein und Bier saßen, kehrte Astrid zurück, aber nicht zu Judith. Sie stand neben Rudi, dem kleinen, rundlichen Platzwart, den noch nie jemand ohne Käppi gesehen hatte, neben dem Tisch, an dem Bernd und Ingrid saßen. Alle waren in ein ernsthaftes Gespräch vertieft.

Im Hintergrund lief dezent Musik. Niemand tanzte, außer den Kindern, die ihr eigenes Fest feierten und gelegentlich versuchten, Erwachsene mit sich zu zerren.

Judith saß bei ihrer Familie und war verzweifelt.

Es musste so sein, wie Olli vermutet hatte: Auf einmal waren sie Geächtete.

Bei dem ganzen Verein, der über 30 Mitglieder hatte, die heute fast alle anwesend waren?

Das war es, was Judith sich nicht vorstellen konnte. Nicht vorstellen *wollte*.

Sie hielt es nicht mehr aus, stand auf und ging zu der Gruppe hinüber.

Es war auch ihr Fest, seit sie denken konnte. Das konnte sie nicht so verbringen.

»Hört mal«, begann sie, hinter Astrid stehend, ohne zu wissen, wie sie den Satz beenden sollte.

Astrid drehte sich erschrocken um. Auch die anderen wandten sich ihr zu. Nur Ingrid, die am Tisch saß, hielt den Blick gesenkt.

»Ich weiß nicht, was heute mit euch los ist«, fuhr sie fort. »Aber ...«

»Das kann ich mir nicht vorstellen«, unterbrach sie Rudi.

»Ich weiß es wirklich nicht«, sagte Judith. »Erklär es mir. Mir und Olli. Weil wir uns vorkommen wie Aussätzige, nachdem wir uns so sehr auf das Fest gefreut haben!«

Astrid berührte sie am Arm. »Heute Abend ist vielleicht nicht der richtige ...«

»Lass gut sein«, mischte sich Bernd ein, woraufhin Ingrid, seine Frau, aufstand und ging. »Die Stimmung ist im Keller, da können wir es jetzt hinter uns bringen.«

Judith traute ihren Ohren nicht.

Olli war zu ihr gekommen, die Kinder hatte er auf die Tanzfläche geschickt.

»Es hinter uns bringen?«, fragte Judith, und ärgerte sich, dass ihre Stimme dabei zitterte.

Einen Moment schwiegen alle.

Dann sagte Astrid ruhig: »Ihr solltet gehen.«

»Wie meinst du das?«, fragte Judith.

»Na gehen«, rief Rudi. »Und am besten gar nicht wiederkommen!«

Es lag Häme in seiner Stimme.

Judith blickte entgeistert von einem zum anderen.

Sie spürte Ollis Hand auf ihrer Schulter.

In Astrids Blick schlich sich so etwas wie Bedauern. Dann sagte sie: »Hast du gedacht, ihr könnt heute einfach ein fröhliches Fest feiern?«

Sie erwartete eine Antwort, aber Judith war sprachlos.

»Hier ist es idyllisch«, fuhr Astrid fort. »Aber da draußen werden reihenweise Menschen abgeschlachtet. Von Irren, die einfach ins Land spaziert sind. Wir können nicht unbekümmert weitermachen. Wir müssen handeln. Und ihr müsst entscheiden, wo ihr steht!«

Es entstand eine lange Pause.

Judith schwirrte der Kopf.

Dann sagte sie, um Fassung bemüht: »Ich bleibe dabei: Ich stehe auf der Seite von Menschen, die schutzbedürftig sind, egal aus welchem Grund.«

Rudi lachte.

»Dieses naive Gejammer kann ich nicht mehr hören!«, rief Bernd.

Olli drückte Judiths Schulter und sagte: »Komm. Das hier führt zu nichts.«

Wieder kämpfte Judith gegen Tränen an.

Und jetzt wusste sie, warum sie trauerte.

Die schwarzen Augen

Eine Ausschreibung mit dem Thema Monstrum *führte im Herbst 2018 dazu, dass ich meine erste, echte Horrorgeschichte schrieb. Tatsächlich Blut fließen zu lassen, fiel mir im ersten Anlauf schwerer als gedacht. Wegen des Zeichenlimits war die ursprüngliche Fassung der Story zudem deutlich kürzer. Für diesen Sammelband habe ich sie um einige – in meinen Augen wertvolle – Ausschmückungen verlängert und nach einer sehr erhellenden Testleserunde ein weiteres Mal überarbeitet.*

Inspiration kam durch eine Wanderreise in einer abgelegenen Region Frankreichs, in der im 18. Jahrhundert eine Bestie wütete. Sie tötete rund hundert Menschen, ihre Natur ist bis heute nicht geklärt.

Saint-Flour-de-Mercoire, Gévaudan, 1764

»Die Kühe spielen wieder verrückt«, sagte Auguste und betrat das vom Feuer erhellte Zimmer.

Dabei ließ er eisigen Wind hinein. Den ganzen Tag schon waren wütende Böen über die Weiden zwischen dem Dorf und ihrem Haus am Waldrand gefegt.

»Mach schnell die Tür zu, bitte«, sagte sein Vater, der am Tisch stand und einen Kohlkopf zerteilte.

Schmächtig wie er war, konnte Auguste nur mit Mühe die schwere Holztür zudrücken. Mit seinem ganzen Gewicht lehnte er sich dagegen und ließ den eisernen Riegel einrasten. Dann trat er ans Feuer, seine Zehen waren taub vor Kälte.

Um die Hausecke heulte der Wind, eine Kuh brüllte.

»Was haben die bloß?«, fragte Auguste. »Wenn sie keine Ruhe geben, kann ich nicht schlafen.«

Sein Vater runzelte die Stirn, aber sah nicht auf, sondern arbeitete weiter.

»Irgendetwas beunruhigt sie schon länger«, murmelte er. »Heute machen sie wieder einen Lärm wie neulich, in der Nacht, bevor Jeanne verschwand.«

Auguste antwortete nicht. Er wusste, wie beunruhigt sein Vater deswegen war. Die junge Frau hatte in der Morgendämmerung nach ihren Schafen gesehen und war nicht zurückgekehrt. Das Ehepaar Mauras, das unweit vom Hof von Jeannes Familie eine Käserei betrieb, hatte zur gleichen Zeit Schreie aus dem Wald gehört. Am nächsten Tag hatten 30 Dorfbewohner ohne Erfolg im Wald nach Jeanne gesucht.

»Ich muss ständig daran denken.« Der Vater warf den Kohl in den Kessel. »Ein Tier hat sie verschleppt, vielleicht ein Rudel Wölfe. Oder jemand hat ihr etwas angetan.«

Seit Tagen redete er von nichts anderem, aber nicht nur aus Sorge um die Nachbarstochter. Immer schwang auch der Vorwurf mit, dass Auguste ausgerechnet an diesem unheilvollen Morgen heimlich das Haus verlassen hatte und erst am späten Vormittag ohne Erklärung zurückgekehrt war.

Seitdem wich der Vater Augustes Blick aus, gab seine Anweisungen einsilbig. Kein neckischer Spruch mehr, kein aufmunterndes Wort für den fleißigen Sohn, nicht einmal ein Lächeln. Jeannes Verschwinden hatte etwas zwischen ihnen verändert, ohne dass Auguste sich genau erklären konnte, warum.

Das bedrückte ihn.

Trotzdem war er mit den Gedanken meist anderswo.

Bei Catherine, mit der es sich anfühlte, als sei sie gerade in sein Leben spaziert. Sie kannten sich, seit sie Kinder waren, doch erst seit dem Dorffest waren sie enge Freunde. So unverkrampft hatte es sich ergeben, als wären sie immer füreinander bestimmt gewesen. Schon jetzt konnte Auguste sich ein Leben ohne sie nicht mehr vorstellen. Pflichtbewusst erledigte er täglich alles, was sein Vater ihm auftrug. Aber es verging keine Minute, in der er nicht an Catherine dachte.

Und natürlich waren sie auch am Morgen von Jeannes Verschwinden zusammen gewesen.

Dem Vater hatte er nichts davon erzählt, auch wenn er vielleicht schon ahnte, dass Auguste sich längst nicht mehr nur mit den Jungen aus dem Nachbardorf traf. Dumm war er nicht, sein Vater. Schon gar nicht kaltherzig. Aber wenn er es herausfand, würde er die Treffen mit Catherine untersagen. Sein katholischer Glaube verbat es, aber auch die Angst davor, als schlechter Vater abgestempelt zu werden.

»Ich gehe nochmal zu Madame Mauras«, sagte Auguste, was seinen Vater nun doch überrascht aufblicken ließ.

»Um diese Zeit noch?«

»Unsere Milchkanne ist leer.«

»Mh«, brummte der Vater.

Die leere, große Kanne schwang unter dem Griff hin und her, während Auguste den Feldweg hinabeilte, auf dem er jeden Kiesel kannte. Er führte ihn vorbei an drei Häusern, die schon seit dem Ende der Kamisardenkriege verlassen waren. Längst waren die Strohdächer verrottet, die Steinmauern von Efeu überwuchert. Bei einem der Häuser fehlte die Eingangstür. Als er klein war, hatte Auguste mit seinen Freunden hier tagelang Verstecken gespielt.

Hinter den Ruinen fiel der Weg steiler ab, durch einen kleinen Wald in Richtung des Dorfes.

Das Rauschen der Bäume im Wind schwoll immer mehr an. Er sah Wolken mit so atemberaubender Geschwindigkeit am Himmel rasen, dass ihm schwindlig wurde. Dazwischen leuchtete der runde Mond auf und erhellte den Weg, den er ohnehin blind gefunden hätte.

Die Kühe schrien noch lauter als zuvor, manchmal mehrere von ihnen gleichzeitig.

Er durfte die Milch nicht vergessen, also ging er zuerst am Hof der Mauras vorbei. Aber da waren nur die schwarzen Umrisse des langen Gebäudes zu sehen. Kein Lichtschein fiel auf den Hof. Sie mussten schon schlafen oder waren zu Freunden ins Dorf gegangen.

Auguste würde sich eine Ausrede überlegen müssen, warum er trotzdem so lange weg gewesen war.

Er setzte seinen Weg fort, während hinter ihm die Rinder wie irre und panisch brüllten.

Was war mit ihnen nur los?

Die Mauras hielten neben ihrem Haus eine Schar Gänse, die mit ihrem Gekeife die Kühe sogar noch übertönten, als er an ihnen vorbeilief.

Wenig später erreichte er die kleine Straße, die zur Kirche abzweigte.

Dort wartete Catherine auf ihn, wie verabredet.

◇

Im Mondlicht sah Auguste das blasse Oval ihres Gesichts. Der Rest von Catherines schwarzem Umriss verschwamm vor dem dichten Gebüsch. Sie trug einen dunklen Schal um den Kopf, unter dem ihre blonden Haare nicht zu sehen waren, und den sie dicht unter ihrem Kinn festhielt.

Sie erblickte ihn, aber lächelte nicht.

Auguste stellte seine Milchkanne ab und sah in die graublauen Augen, die ihm schon so vertraut waren.

Er griff in seine Manteltasche, nahm Catherines Hand und legte etwas hinein.

»Was ist das?« Ihre Stimme klang heiser.

»Eine Brosche, die meiner Mutter gehörte. Sie hat sie mir geschenkt, kurz bevor sie starb. Ich solle sie einmal einem Mädchen geben, das mir etwas bedeutet, hat sie gesagt.«

Kurz und unbeholfen nahm Catherine ihn in den Arm, ließ ihn aber sofort wieder los.

»Ist alles in Ordnung?«, fragte Auguste.

»Ich weiß nicht, ich ... Habe die letzten Nächte schlecht geträumt. Von Jeanne.«

Auguste nickte. Jeanne war nur wenig älter als Catherine und ihre Freundinnen. Sie alle hatten Jeanne immer dafür bewundert, wie sie den Hof ohne viel Hilfe ihres gehbehinderten Vaters und ihrer trinkenden Mutter allein führte.

»Ja, das ist furchtbar«, sagte Auguste. »Ich hoffe immer noch, dass sie …«

»Es waren nicht irgendwelche Träume«, fiel Catherine ihm ins Wort. »Diese Bilder werde ich gar nicht mehr los. Ich sehe Jeanne vor mir. Fast so, als wäre ich mit ihr dort gewesen! Da oben im Wald … Sie gerät in Panik und läuft vor etwas weg. Ich höre, wie sie schreit. Es ist noch sehr dunkel, sie kann nicht richtig sehen, wohin sie rennt. Sie stolpert, versucht aufzustehen, aber es ist zu spät.«

Auguste wollte das nicht hören. Die dunklen Ahnungen und das seltsame Benehmen seines Vaters machten ihm genug zu schaffen. Bei Catherine wollte er doch all das vergessen!

Doch er wartete ab.

»Und dann fühle ich am eigenen Leib, wie sie …«, sagte Catherine, bedeckte ihr Gesicht mit beiden Händen und schüttelte den Kopf. Nach einer Pause fuhr sie mit belegter Stimme fort: »Vielleicht war ich ja wirklich mit ihr dort und habe es nur vergessen, es vergessen *wollen*, weil etwas Schlimmes passiert ist. So muss es sich anfühlen, wenn man verrückt wird.«

August streichelte ihr über den Rücken, aber es fiel ihm nichts Schlaues ein, was er hätte sagen können. Dass sein Geschenk, die Brosche seiner Mutter, Catherine so gar nicht hatte aufheitern können, enttäuschte ihn.

Catherine lehnte ihre Stirn gegen seine Schulter.

So standen sie beide eine Weile dort an der Straße, ratlos und schweigend. Kalte Böen zogen Auguste in den Kragen, dass er zitterte. Fast hätten sie Catherines Kopftuch weggeweht, aber er hielt es fest. Der Wind spielte mit ihren blonden Strähnen, die im hellen Mondlicht weiß aussahen.

»Komm, lass uns einen geschützten Platz suchen«, sagte er.

»Drüben im Schuppen bei den Mauras. Vorhin sah es so aus, als wären sie gerade nicht ...«

Er hatte einen Schritt auf die Straße gemacht, doch Catherine folgte ihm nicht.

Sie stand nun einfach da wie erstarrt, den Blick geradeaus gerichtet, die Lippen zusammengepresst. Das Gesicht war bleich, unter den Augen lagen große Schatten.

Auguste legte ihr wieder eine Hand auf den Rücken. »Fühlst du dich krank? Lass uns endlich zum Schuppen gehen.«

»Auguste, ich ...«, sagte Catherine, ohne ihn anzusehen, aber weiter kam sie nicht. Plötzlich krümmte sie sich, als hätte sie Schmerzen im Bauch.

»Tut dir etwas weh?«, fragte Auguste und kam sich dumm dabei vor.

Catherine antwortete nicht. Stattdessen sackte sie zusammen, ohne dass er sie rechtzeitig hätte festhalten können. Sie fiel ins Gras am Wegesrand und blieb liegen, mit dem Gesicht nach unten.

Erschrocken kniete sich Auguste neben sie, versuchte, sie aufzurichten und fühlte, wie sich ihr Körper unter dem Mantel wand. Sie musste furchtbare Schmerzen haben.

»Catherine, sag was!«

Er griff ihre Schulter und versuchte, sie umzudrehen. Doch Catherines ganzer Körper verkrampfte sich. Sie machte ein Hohlkreuz, legte den Kopf in den Nacken.

Aus ihrem Mund kam ein langgedehntes, fremdartiges Stöhnen, das Auguste durch Mark und Bein drang.

Was auch immer da mit ihr geschah, sie brauchte sofort Hilfe. Er schaute die Straße hinunter, aber sie waren allein.

Mit beiden Händen versuchte er, Catherines sich windenden

Körper festzuhalten, da stieß sie mit ungeahnter Wucht seinen linken Arm weg.

Auguste wich zurück.

Catherine warf sich auf den Rücken, wie von etwas gepackt. Streckte die Arme von sich. Schmiss den Kopf hin und her, so dass ihr die Haare vor das Gesicht fielen.

Als sie den Blick wieder nach vorn richtete, setzte Augustes Herzschlag aus.

Ihr Gesicht war bis zur Unkenntlichkeit verzerrt, die Haut verfärbt, dunkelgrau und von Furchen durchzogen. Sogar die Knochen schienen sich verformt zu haben, ließen dem Gesicht keine menschlichen Züge mehr.

Sie richtete sich auf. Schüttelte ihren ganzen Körper hin und her. Verlor Mantel und Schal, riss brüllend an ihrer übrigen Kleidung.

Auguste starrte fassungslos auf das, was sich vor seinen Augen abspielte.

Das war nicht mehr Catherine. Irgendetwas hatte sich ihrer bemächtigt.

Von weitem hörte er Stimmen und sah sich um. Zwei Gestalten kamen die Straße hinauf.

Was konnten sie ausrichten?

Als Auguste sich Catherine wieder zuwandte, versetzte ihm der Anblick einen Schlag, dass er rückwärts stolperte.

Die Gestalt, die einmal seine Freundin gewesen war, stand aufrecht ihm gegenüber. Ihre Kleidung in Fetzen. Keine helle, nackte Haut darunter, sondern ein dunkler, fellbedeckter Körper, größer und kräftiger, als es Catherine je gewesen war.

Ein gewaltiger, raubtierartiger Kopf, umrahmt von einer struppigen Mähne.

Der Blick des Wesens traf Auguste und ließ ihn in Todesangst erstarren.

Es waren nicht mehr Catherines Augen. Sie waren größer und vollkommen schwarz.

Unmenschlich und kalt.

Aus der Kehle des Ungetüms drang ein Grollen.

Die Leute auf dem Weg riefen Augustes Namen. Es war das Ehepaar Mauras, das nach Hause kam.

Auguste wollte sie warnen, doch es war zu spät. Die Bestie riss ihren gewaltigen Kopf herum, erblickte die beiden und stieß ein Brüllen aus, das den Lärm der Gänse und Kühe und das Rauschen des Sturmes übertönte. In ihrem aufgerissenen Maul kamen lange, spitze Reißzähne zum Vorschein.

Dann setzte sie zu einem Sprung an.

Auguste wich weiter zurück und warf sich über den Zaun des Gänsegeheges, wo die Tiere wild umherrannten.

»Rettet euch!«, schrie er in Richtung der Mauras.

Doch die wussten gar nicht, wie ihnen geschah.

Die Gestalt hatte einen gewaltigen Satz gemacht, Monsieur Mauras sofort mit beiden Pranken gepackt und die mächtigen Zähne in seinen Hals geschlagen.

Er schrie auf, aber nur kurz.

Einmal, zweimal warf das Tier seinen riesigen Kopf hin und her. Es gab ein scheußlich knirschendes Geräusch, schon hatte es den Kopf des Mannes abgerissen.

Auguste sah weg, aber er hörte den stumpfen Aufprall des abgetrennten Schädels. Dann den gellenden Schrei von Madame Mauras, bevor dieser jäh unterbrochen wurde.

Nur weg, war Augustes einziger Gedanke. Er krabbelte zwischen den krakeelenden Gänsen hindurch, rappelte sich auf und rannte zum gegenüberliegenden Zaun. Dort angekommen, zitterte er am ganzen Leib.

Er riskierte einen Blick zurück und erkannte vage die Umrisse zweier lebloser Körper auf der Straße. Von der Bestie war nichts zu sehen.

Der Gedanke an die unmenschlichen Augen, in die er geblickt hatte, verursachte ihm Übelkeit.

Hatte er seine Freundin für immer an dieses Monster verloren? Die Vorstellung war unerträglich für ihn.

Immer noch zitternd schaffte er es trotzdem, über den Zaun zu klettern. Die Gänse hatten sich beruhigt, auch die Kühe waren nun still.

Unmöglich konnte er jetzt allein nach Hause laufen. Er musste sich verstecken.

So lautlos wie möglich schlich Auguste zum Schuppen der Mauras, wollte sich nur noch verkriechen, zu Atem kommen.

Um nicht den Hof überqueren zu müssen, begab er sich in den Schatten auf der anderen Seite des Schuppens. Dort blieb er eine Weile stehen und versuchte, ruhig zu atmen.

Doch in seinem Kopf herrschte ein Sturm, in den sich auch das mischte, was Catherine zuletzt zu ihm gesagt hatte.

Ich sehe Jeanne vor mir. Fast so, als wäre ich mit ihr dort gewesen!

Dort neben dem Schuppen konnte er nicht stehenbleiben. Dessen Eingang lag gleich um die Ecke, der er sich mit leisen Schritten näherte. Er betete, dass die breite Holztür nicht verschlossen war.

Einen Moment lang blieb er im Schatten stehen und versuchte, eine erneut aufkommende Panik zu zügeln.

Dann hielt er den Atem an und trat auf den Hof.

Er lag verlassen da, die Tür zum Schuppen war nur angelehnt. Auguste streckte den Arm aus, schob sie gerade weit genug auf, damit sie nicht quietschte. Schlüpfte hindurch und zog die Tür wieder zu sich heran.

Drinnen herrschte vollkommene Finsternis. Weil er nicht wusste, ob der Schuppen voller Gerümpel war und er keinen Lärm verursachen wollte, blieb er einfach stehen, wo er war. Spürte sein rasendes Herz und hörte sich atmen, viel zu laut.

Sie gerät in Panik und läuft vor etwas weg. Ich höre, wie sie schreit.

Auguste versuchte, irgendwie seinen Körper unter Kontrolle zu bekommen. Den fliegenden Atem, die zitternden Knie.

Vielleicht war ich ja wirklich mit ihr dort ...

Er hielt die Luft an, ballte die Hände zu Fäusten.

Wohin war die Bestie verschwunden? Warum nur hatte er sie aus den Augen gelassen?

Die am nächsten gelegene menschliche Behausung war sein eigenes Heim. Dort, wo sein Vater gerade ahnungslos das Abendessen zubereitete. Der Gedanke versetzte Auguste erneut einen Stich. Sie durften jetzt nicht getrennt sein, mussten das gemeinsam durchstehen.

Er schob die Holztür des Schuppens einen Spalt breit auf.

Steckte den Kopf hindurch und schaute dahinter.

Die Augen, in die er dort sah, waren groß, schwarz und leer.

Am frühen Morgen, es war noch dunkel, fand Augustes Vater die leere Milchkanne am Wegesrand.

Zwei Inseln

Für die Zeitschrift einer Non-Profit-Organisation zum Thema Meeresschutz *reichte ich den folgenden Text ein. Es war das erste Mal, dass ich bei einer Ausschreibung Erfolg hatte, weshalb auch dieses kurze Stück einen besonderen Platz in meiner Sammlung einnimmt. Die Veröffentlichung der Zeitschrift war bei Fertigstellung dieses Buches für 2020 geplant. Zu den vielen Dingen, die ich als Autor im Laufe des Jahres dazugelernt habe, gehört: Man muss warten können!*

Schon beim Schreiben von Das Archiv *hatte mir die Textform des Briefs viel Spaß gemacht, darum taucht sie hier in einer anderen Variante wieder auf.*

Auszug aus einem Privatnachrichten-Verlauf
im Online-Portal *stayonyourisland.org*

Betreff: **Hallig grüßt Atoll**

Am 25.10.2075 um 08:02 schrieb **Wattwurm**:

Liebe Nora,

bitte entschuldige, dass ich so lange nicht geantwortet habe. Es ist viel passiert und ich hatte einfach nicht die Kraft. Dabei bedeutet mir unser Austausch sehr viel. Es tut so gut, zu wissen, dass man mit seinem Schicksal nicht allein auf der Welt ist, egal ob durch tausende Kilometer getrennt.

Ich hoffe sehr, dass es Dir gut geht und Du Dich da drüben auf deinem kleinen Flecken Land ebenso wenig unterkriegen lässt wie ich. Besonders jetzt, wo die Zeit der Zyklone bei Euch beginnt. Ich weiß, dass Ihr Angst davor habt. Von Herzen wünsche ich Euch, dass noch einmal alles gut geht.

Was ist aus Eurem kleinen Hotel geworden? Sind Eure Mitarbeiter noch da, habt Ihr noch Gäste?

Hier auf Nordfall hat sich die Situation verschlimmert. Es gibt Tage, da fällt es mir schwer, nicht in Panik zu geraten.

Schon Anfang September kam die erste schwere Sturmflut. Davon hat sich die Hallig leider nicht mehr erholt. Ein Viertel Land ist seitdem verloren. Wie Du weißt, wohnen wir auf einer Warft und waren dort bisher sicher. Aber auch diese Zeiten sind vorbei. Zum ersten Mal stand unser Haus unter Wasser, und wir hatten Glück, dass es nur bis ins Erdgeschoss vordrang. Die wenigen Schafe, die noch bei uns auf der Warft lebten, sind ertrunken. Wir haben viele Dinge, die uns lieb und teuer waren, für immer verloren. Noch immer sind wir dabei, den Schaden auszubessern, so gut es eben geht.

Wir wissen ja, dass es eigentlich vergebens ist. Aber wir geben nicht auf!

Was dieser Herbst noch bringen wird, darüber denken wir gar nicht nach. Wie ich schon vermutet hatte, lässt uns der Staat hängen. Nicht nur, dass uns niemand hilft, unser Haus gegen den steigenden Meeresspiegel abzusichern oder wenigstens, es wieder bewohnbar zu machen. Nein – man fängt an, uns systematisch im Stich zu lassen. Der Landungssteg wurde vom Sturm beschädigt und wird nicht repariert. Ich weiß nicht, wie lange das Versorgungsschiff überhaupt noch wird anlegen können. Irgendwann bleibt uns nur noch, zum Einkaufen bei Ebbe nach Pellworm oder Nordstrand zu laufen. Im Notfall, heißt es, würde man uns immer mit dem Hubschrauber holen. Aber darauf gebe ich nichts mehr.

Seit Jahren schon drängt man uns dazu, die Insel zu verlassen und in eine Sozialwohnung in irgendeiner Stadt auf dem Festland zu ziehen. Zuletzt haben sie sogar gedroht, unser Internet abzuschalten. Sollen sie doch, denke ich mir. Aber diesen Kontakt nach außen, vor allem den Austausch mit Dir, würde ich schmerzlich vermissen.

Wir werden jedenfalls nicht gehen. Dieses Paradies hier gehört uns, und wir gehören nirgendwo anders hin. Wenn wir unsere Tür schließen, haben wir uns und unser kleines Reich und vergessen das Chaos da draußen.

Meine Liebe, wenn Du also nichts mehr von mir hörst, bitte ich dich: Mach Dir keine Sorgen! Sie haben uns dann einfach nur den Saft abgestellt.

In Gedanken bleiben wir verbunden.

Deine Friederike

Am 01.11.2075 um 05:18 schrieb **Tarawa**:

Vielen Dank, Friederike, für Deine letzte Nachricht.

Ich habe oft an Dich gedacht, und mich gefragt, ob Dir etwas zugestoßen ist, Du überhaupt noch auf Deiner Insel lebst.

Die Neuigkeiten von Nordfall machen mich betroffen, und ich bewundere Deine Kraft. Du hast viel mehr davon, als Du denkst. Ein bisschen macht mir das auch Mut für uns, sind wir doch in der gleichen ausweglosen Lage.

Der Untergang steht bevor, das lässt sich nicht mehr leugnen. Die Stürme nehmen rasant zu. Als ich vor vielen Jahren, in einem anderen Leben, vom anderen Ende der Welt auf diese Insel kam, gab es noch eine Zyklon-Saison und eine Zeit der Erholung. Heute kann auch auf unserer Insel von Ruhe keine Rede mehr sein. Jeder Sturm kann für uns und alle anderen hier das Ende bedeuten.

Vor drei Wochen war es besonders schlimm. Eloni und Pat sind seitdem verschwunden, wir werden sie nicht wieder sehen. Der flachere Westen des Atolls wurde vollständig verschluckt. Unser Hotel ist verwüstet und bei uns im Dorf steht keine einzige Palme mehr aufrecht.

Heute bin ich zwei Stunden bis in den Süden der Insel gelaufen, wo es wenigstens seit gestern wieder Strom und einige Lebensmittelvorräte gibt. Darum nutze ich jetzt diese – vielleicht letzte – Gelegenheit, Dir zu schreiben, Dir noch einmal zu sagen: Ihr seid nicht allein!

Uns hat man nach dem Sturm auch drangsaliert wie nie zuvor. Soldaten landeten und zogen durch die Siedlungen. Sie forderten uns auf, sofort unsere Sachen zu packen und mit ihnen zu kommen. Über die Hälfte unserer Leute unserer Leute sind gegangen, viele von ihnen unter Tränen. Wir haben uns geweigert. Sie sagten, sie würden bald zurück sein, dann bliebe uns keine Wahl mehr.

Wahrscheinlich wird der nächste Sturm ihnen zuvorkommen. Aber dann ist das der Lauf der Dinge.

Du hast von Eurem Paradies gesprochen. Du weißt, ich fühle dasselbe. Es gibt kein anderes Leben für uns. Dass wir das so entschieden haben, gibt uns bei aller Angst auch Stärke.

Ich wünsche Dir, dass auch Du sie nicht verlierst.

Stay on your island!

Es grüßt dich
Nora

Marie Marais

*Mein Entschluss, in diesem Buch nur zehn Kurzgeschichten
zu vereinen, stand längst fest, als die folgende Erzählung in
meinem Kopf konkret Gestalt annahm und ich daraus doch
noch die elfte machte. Die Rohfassung schrieb ich an nur zwei
Vormittagen im Urlaub auf Amrum, die Überarbeitungsphase
zu Hause umfasste allerdings mehrere Etappen.*

*Über eine die fiktive Titelfigur inspirierende, jedoch längst
nicht so bösartige, reale Person hatte ich so viel gehört, dass es
unmöglich war, daraus keine Geschichte zu machen.*

In all den Jahren, in denen ich das bescheidene Gästezimmer
meiner Stadtwohnung an Reisende vermietete, hörte ich unzählige spannende Lebensgeschichten. Aber keine hat mich so
gefangen genommen wie die von Mathieu.

Unangekündigt stand er eines Abends vor meiner Tür, eine fast unwirkliche Erscheinung: groß und schlaksig, dunkle
Locken, braungebranntes Gesicht. Wache, fast aufgescheucht
wirkende, blaue Augen.

»Guten Abend«, grüßte er höflich. »Mein Name ist Mathieu
und meine App sagt, Sie haben ein Zimmer?«

Sein Deutsch war nahezu akzentfrei.

Ich muss überrascht ausgesehen haben und erwiderte vielleicht ein wenig zu überschwänglich: »Ja, aber natürlich! Das
Zimmer ist frei für Sie!«

Er sah mich befremdet an, als wolle er sagen: Mach kein Brimborium, ich will doch bloß irgendwo schlafen.

Beim Anblick des Zimmers nickte er anerkennend, obwohl direkt vor dem Fenster die Hochbahn vorbeifuhr, lehnte den mannsgroßen Rucksack ans Bett und sagte: »Gefällt mir!«

Mein Angebot, gemeinsam zu essen, nahm Mathieu an. Beim Zubereiten einer bescheidenen Mahlzeit befragte ich ihn zu seiner Heimat und seinen Reisen. Er kam aus der Mayenne, einer ländlichen Region in Westfrankreich, die selbst den meisten Franzosen unbekannt ist, und war bereits einige Monate mehr oder weniger ziellos quer durch Europa gereist. Doch er gab nur spärlich Auskunft, stellte auch mir nur wenige Fragen und wirkte insgesamt nachdenklich.

Er muss völlig übermüdet sein, dachte ich mir, und tatsächlich verschwand er bald in seinem Zimmer.

Den darauffolgenden Tag sah ich nichts von Mathieu, erst am Abend kehrte er zurück. Erschöpft und hungrig schlug er mir vor, gemeinsam in einem benachbarten Restaurant zu essen. Es war bereits 21 Uhr und wir waren die einzigen Gäste.

Mathieu bestellte Rotwein und war deutlich redseliger als am Vorabend. Soziale Projekte, Gemeinwesenarbeit und Bürgerhäuser interessierten ihn sehr, davon gab es in unserer Stadt viele. Mathieu hatte mit Vertretern unterschiedlichster Initiativen gesprochen und war voller Ideen. Ich selbst erzählte ihm, dass ich manchmal eine offene Stadtteilwerkstatt besuchte und er wollte sie sich am nächsten Tag unbedingt ansehen.

Nach dem Essen wurde er jedoch schlagartig müde und wir kehrten zurück in die Wohnung.

Spät in der Nacht wurde ich wach und hörte Schritte auf dem Flur. Eine männliche Stimme rief etwas, kurz, aber laut.

Erst nach bangen Sekunden fiel mir ein, dass es Mathieu gewesen sein musste.

Als ich meine Zimmertür öffnete, war die Wohnung dahinter jedoch dunkel und still.

Wahrscheinlich war er nur ins Bad gegangen und hatte sich im Dunkeln an etwas gestoßen, dachte ich mir, schloss die Tür und schlief nach wenigen Sekunden wieder ein.

Den folgenden Tag verbrachten Mathieu und ich gemeinsam, besuchten die Stadtteilwerkstatt und eine Ausstellung in der Kunsthalle. Er schien froh darüber, in fremder Umgebung Anschluss gefunden zu haben. Auf dem Markt hatten wir einige Lebensmittel eingekauft und kochten abends gemeinsam.

Je länger wir uns unterhielten, desto mehr Gemeinsamkeiten stellten wir fest. Wir teilten nicht nur Interessen, sondern auch Ansichten darüber, was in unserer Welt, zu unserer Zeit gut oder weniger gut lief. Ich genoss Mathieus Gesellschaft und versprach ihm, ihn so bald wie möglich in seinem Heimatdorf in Frankreich zu besuchen.

Der Abend verging wie im Flug und ich freute mich, als Mathieu darum bat, das Zimmer für drei weitere Tage bewohnen zu dürfen.

In der darauffolgenden Nacht lag ich lange wach, denn meine Gedanken kamen nicht zur Ruhe, kreisten um all unsere Gesprächsthemen und spannen sie weiter.

Ich musste endlich weggedämmert sein, als mich ein Geräusch hochschrecken ließ, das ich nicht einordnen konnte. Ich wartete ab, bis ich Mathieu etwas rufen hörte, irgendetwas auf Französisch, das ich nicht verstand. Dann sprach er weiter, etwas leiser, aber mit Nachdruck, als würde er wütend auf jemanden einreden.

Telefonierte er? Oder redete er mit sich selbst?

Es dauerte eine ganze Weile, dann war Stille.

Jedoch nicht lange.

Laut klopfte es und Mathieu rief meinen Namen.

Er entschuldigte sich und rief ihn ein zweites Mal. Seine Stimme klang dringlich, ängstlich.

Besorgt öffnete ich ihm meine Tür. Mathieu stand dort und sah schrecklich erschöpft aus, mit Falten und dunklen Schatten unter den Augen.

»Es tut mir furchtbar leid«, sagte er. »Aber können wir miteinander reden?«

Es war 4 Uhr morgens. Sehr wohl ahnend, dass die Nacht für uns vorbei war, kochte ich uns Kaffee. Mathieu trank ihn schwarz, zwei große Schlucke. Energisch wischte er sich durch das Gesicht, seufzte einmal tief durch und fing an zu reden.

»Weißt du, du scheinst ein guter Freund zu sein. Ich glaube, ich kann dir etwas anvertrauen.«

»Natürlich«, sagte ich und platzte fast vor Neugier, auch wenn ich ahnte, dass er kaum etwas Lustiges erzählen würde.

»Es hängt mit einer Person zusammen, die es eigentlich gar nicht mehr gibt. Ihr Name war Marie Marais. Sie war eine entfernte Verwandte, eine Cousine meines Großvaters, und sie hieß wirklich so. Vielleicht weißt du: ›Marais‹ ist das französische Wort für ›Sumpf‹.«

Ich schaute wohl ein wenig amüsiert, denn Mathieu beeilte sich zu sagen: »Ich denke mir das nicht aus!«

»Nein, nein«, sagte ich, und gab ihm ein Zeichen, weiterzureden.

»Marie Marais wohnte nicht weit vom Haus meiner Eltern in einem alten Gemäuer, das nur über ein verwirrendes Netz aus Feldwegen zu erreichen war. Jedes verdammte Mal verfuhren wir uns auf dem Weg dorthin, und jedes Mal hoffte ich, wir würden nie ankommen.

Als ich ein kleines Kind war, hatte ich nicht nur Angst vor ihrem hässlichen, aggressiven Hund, der es auf mich, den jüngsten, besonders abgesehen hatte. Vor Marie Marais selbst fürchtete ich mich noch viel mehr. Sie war groß und dürr und hatte glattes, graues Haar, das ihr wie ein Vorhang bis weit über die Schultern hing. Ihr Gesicht war schmal und hohlwangig, mit einzelnen, langen Haaren am Kinn, die tiefen Augen misstrauisch. Lächeln sah ich sie nie. Dafür zitterte ihr Unterkiefer oft seltsam, wenn sie sprach.

Du hältst das sicher für übertrieben oder zu viel kindliche Fantasie, aber Marie Marais war exakt so, wie ich sie dir gerade beschreibe! Nie habe ich verstanden, warum meine Familie immer wieder beschloss, sie zu besuchen. Bis heute glaube ich, sie standen in irgendeiner Weise in ihrer Schuld.

Zu niemandem war sie sonderlich freundlich, das Essen war stets sparsam, das Haus dunkel und unbehaglich. Tisch und Stühle waren alt und klapprig, und überall hingen vertrocknete Pflanzen, die sie für Was-auch-immer aufbewahrte, von der niedrigen Decke. Im Regal in der Küche standen reihenweise verstaubte Einmachgläser, deren Inhalt schwer zu definieren war. Wegen der umliegenden Äcker wimmelte es drinnen von dicken Fliegen.

Mein Vater war der Einzige, der sich manchmal in ihrer Abwesenheit über Marie Marais lustig machte. Aber auch er gab nie Widerworte, wenn ein Besuch bei ihr anstand.

Übrigens habe ich sie nicht einmal ihr eigenes Grundstück verlassen sehen. Man erzählte sich außerdem, sie sei nicht ein einziges Mal bis zu ihrem Tod im hohen Alter krank gewesen. Es muss an all den Heilkräutern gelegen haben, mit denen sie immer hantierte, und die sie auch uns manchmal in Form von Tees oder Ölen servierte.

Ein einziges Mal lag ich einen Nachmittag lang in ihrem Bett, weil ich krank war. Ich erinnere mich an Bündel von Kräutern neben ihrem Kopfkissen und auf dem Nachtisch. Manche rochen angenehm, andere muffig oder beißend. Marie Marais verkündete, ihre ältere Schwester Lucienne sei nach ihrem Tod in eben diesem Bett fünf Tage lang aufgebahrt worden. Natürlich habe ich dort kein Auge zugetan.«

»Das klingt alles sehr unheimlich«, sagte ich, nur, um irgendetwas zu sagen.

»Das war es«, fuhr Mathieu fort. »Du musst dir vorstellen, dass ich mich bei Marie Marais so sehr gefürchtet habe, dass ich mit Bauchkrämpfen dort saß. Denn sie hat mich nicht etwa ignoriert oder nur böse angeschaut. Nein, mehrere Male bekam ich ihren Zorn direkt zu spüren, ohne dass meine phlegmatischen Eltern eingeschritten wären!

Als ich eine besonders ekelerregende Suppe nicht herunter bekam – es waren Nierchen darin! – redete Marie Marais mit tiefer, lauter Stimme und bohrendem Blick auf mich ein, das behaarte, zitternde Kinn direkt vor meinem Gesicht. Im letzten Moment ließ sie davon ab, mir die Plörre gewaltsam einzuflößen! Ein anderes Mal musste ich dringend zum Klo und traute mich nicht, vom Tisch aufzustehen. Vielleicht lag ihr Köter knurrend daneben, vielleicht ekelte ich mich vor dem Toilettenhaus im Garten, wo meist fette Spinnen an der Wand saßen. Bitte denk dran, ich war höchstens sechs Jahre alt! Jedenfalls geschah das Unglück, ich machte mir die Hose nass. Die alte Hexe machte ein riesiges Aufhebens deswegen, schüttelte mich, fuchtelte mit ihrem faltigen Zeigefinger vor meinem Gesicht herum und faselte theatralisch irgendwas vom Teufel, den man manchen Gören austreiben müsse ...«

Mathieu stockte und schüttelte den Kopf.

»Du meine Güte«, flüsterte ich.

»Ich gebe dir mein Wort, so war sie! Spätestens seit diesem Tag verfolgt Marie Marais mich bis in meine Träume. Manchmal auch anderswo hin.«

Ich schenkte uns Kaffee nach und beobachtete, wie mein Gast sich nervös durch die Haare fuhr.

Diese Geschichte war noch lange nicht vorbei.

Doch ich wartete ab.

Er lehnte sich zurück, starrte in seinen Becher, sortierte seine Gedanken.

Dann erzählte er: »Ein paar Jahre später, ich war elf, waren die Besuche bei Marie Marais seltener geworden. Vielleicht, weil es kaum jemand ertrug, mit ihr zu reden. In allem, was sie von sich gab, schwangen Anschuldigungen oder finstere Warnungen mit. Meine Eltern erhielten fortwährend ungebetene Ratschläge zu meiner Erziehung, wobei über mich in der dritten Person geredet wurde, obwohl ich daneben saß. Und im nächsten Moment hielt sie uns vor, wir seien respektlos, kannst du dir das vorstellen?

Es kam der Tag, an dem ich es nicht mehr aushielt, weil Marie Marais anfing, meine Freunde, die sie noch kein einziges Mal gesehen hatte, schlecht zu machen. Ich solle meiner Familie im Haus helfen statt mich mit ihnen herumzutreiben. Ich sprang auf und lief in den Garten, der aus langen Gemüsebeeten und einem Geräteschuppen am anderen Ende bestand. Alle riefen mir irgendwas nach, wobei die Stimme von Marie Marais am lautesten war. ›Lass bloß die Griffel von meinen Bohnenpflanzen, du lausiges Balg!‹, keifte sie.

Ich wusste kaum, wohin mit meiner Wut, die sich so lange aufgestaut hatte. Gerne hätte ich ihren Hund durch den Garten gejagt, aber der war inzwischen gestorben. Also stapfte ich am Zaun entlang, obwohl es regnete, fluchte vor mich hin und trat gegen mehrere der Latten, die sofort herunterfielen.

Dass es im hinteren Teil des Gartens fürchterlich stank, realisierte ich erst gar nicht, oder schob es auf den Komposthaufen oder die Jauchegrube auf dem Feld dahinter. Vor allem wollte ich allein sein! Aber als ich vor dem Verschlag aus morschen Brettern stand, den Marie Marais ihren Schuppen nannte, ließ es sich nicht mehr ignorieren. Schwärme von Fliegen surrten dort umher und krabbelten durch die Ritzen. Zwischen dem untersten Brett und dem matschigen Boden wuselten Maden herum.

Ich weiß nicht mehr, was ich mir dachte, aber meine Neugier

war größer als mein Ekel. Ich zog die Tür auf, die wegen der rostigen Scharniere eher auf dem Boden stand als hing.

Erst konnte ich wegen der Fliegenschwärme nichts sehen. Eine Wolke von Gestank, wie ich ihn bis dahin nicht gekannt und seitdem nie wieder erlebt habe, schlug mir entgegen. Vor Übelkeit krümmte ich mich, hielt mich an der Bretterwand fest, und machte in einer der hinteren Ecken eine zusammengesunkene Gestalt aus. Halb auf dem Boden liegend, den Kopf gegen die Rückwand gelehnt. Zur Hälfte sah ich das, was einmal ein Gesicht gewesen war. Grau, eingefallen, die Form des Schädelknochens deutlich erkennbar.

Ich keuchte, schob mit letzter Kraft die Tür wieder zu und übergab mich auf das Gemüsebeet.

Als ich, immer noch um Atem ringend, wieder aufblickte, eilten meine Eltern heran, die zeternde Marie Marais ihnen auf den Fersen.

Obwohl meine Mutter mich festhielt und abzuschirmen versuchte, holte Marie Marais aus und schlug mir mit voller Wucht die flache Hand ins Gesicht.

›Was hast du da zu suchen? Was?‹, bellte sie mich an.

Mein Vater hatte die Schuppentür geöffnet.

Ich sehe ihn immer noch mit offenem Mund dort stehen.

›Der ist von selbst dort verreckt!‹, krakeelte Marie Marais in seine Richtung, ihre Stimme sich überschlagend.

Dann fuhr sie wieder herum, beugte sich hinab und zischte: ›Das wird dir auf ewig leidtun! Was du mit deinem mickrigen, kleinen Leben auch anstellst: Es ist in *meiner* Hand!‹

Ihr Speichel traf meine Wange, als sie mir diesen Fluch entgegenschleuderte. In ihren Augen war endgültig der Wahnsinn ausgebrochen.«

Sprachlos starrte ich Mathieu an.

Er registrierte meinen Schrecken, nickte langsam und atmete einmal tief ein und aus.

Marie Marais' Prophezeiung war eingetroffen, das sah ich an dem gezeichneten Menschen, der mir gegenüber saß. Er, der tagsüber vor Energie sprühen konnte, war am Ende. Gleichzeitig sah ich den Jungen vor mir, der diese schreckliche Entdeckung gemacht hatte, und es versetzte mir einen Stich.

Bevor mir etwas einfiel, was ich hätte sagen können, sprach er weiter.

»Der Tote war ein Monsieur Roubleaux, der als Antiquar über das Land gereist war. Wie sich herausstellte, wurde schon mehrere Wochen überall nach ihm gesucht. Marie Marais verstrickte sich sofort in Widersprüche und behauptete schließlich, Monsieur Roubleaux habe sie mehrfach aufgesucht und sie gedrängt, ihren alten Kleiderschrank an ihn zu verkaufen. Der Mann sei ihr lästig geworden, habe sie sogar beleidigt, deshalb habe sie ihn zu Tode verflucht. Er sei daraufhin vor ihren Augen tot zusammengebrochen. In der Leiche wies man später jedoch Spuren von Gift nach. Es war Belladonna.«

»Was wurde aus Marie Marais?«

»Sie nahm das gleiche Gift, bevor man sie hinter Gitter bringen konnte. Meine Familie, geheimnistuerisch wie sie ist, sprach nie wieder über sie. Mir lässt sie bis heute keine Ruhe.«

Für einige Momente schwiegen wir, ich dachte über das Gehörte nach. Dann sagte ich: »Du beschreibst sie wie eine böse Hexe.«

»Das war sie.«

»Aber sie konnte niemanden wirklich verfluchen, der Mann ist an dem Pflanzengift gestorben.«

»Schon. Allerdings ... sucht sie mich noch immer heim.«

Er sah mich nicht an, als er das sagte. Es war ihm peinlich. Seine Stimme zitterte.

»Die Albträume?«

»Mehr als das. Ihr Gesicht erscheint mir plötzlich am hell-lichten Tag. Ich höre ihre Stimme, wie sie Verwünschungen ausstößt. Dann bin ich wieder das Kind, das an der geöffneten Schuppentür steht.«

Es gab danach nicht mehr viel zu sagen. Ich musste arbeiten gehen, und als ich zurückkehrte, war Mathieu abgereist. Ent-täuscht und traurig machte mich das, aber nicht böse. Er war ein Mensch, der auf der Flucht war, und ich konnte ihm nur wünschen, dass er irgendwann, irgendwo zur Ruhe kam.

Doch ich hatte meine Zweifel, dass es in seiner Macht stand, Marie Marais hinter sich zu lassen. Nicht nur wegen der schreck-lichen Geschichte, die ich gehört hatte, nicht nur wegen seiner schlaflosen Nächte.

Einen Tag später, beim Aufräumen des Zimmers, fand ich Bündel vertrockneter Kräuter unter seinem Bett.

Es kostete mich einige Überwindung, sie überhaupt zu berüh-ren. Als ich es endlich geschafft hatte, verbrannte ich sie.

Noch viele Tage und Nächte hingen Spuren eines beißenden Geruchs in meiner Wohnung.

Dein Name an der Tür

Ähnlich wie beim Lampionfest *bildet eine sehr lebendige Kindheitserinnerung den wahren Kern dieser kurzen Geschichte. Den Anstoß gab der Aufruf eines Herausgebers, der Texte zum Thema* Ruinen *suchte.*

Die Sonne steht hoch über der Heide, die sich seit 30 Jahren nicht verändert hat. Kein Luftzug regt sich, es fühlt es sich an, als wandelte ich durch ein Stillleben.

Den Weg bin ich seit damals nicht gegangen, aber die Abzweigung von der schmalen Teerstraße auf den Sandweg finde ich sofort. In einem sanften Bogen, begrenzt von Heckenrosen, führt er durch eine Gruppe Kiefern zu einem Feld.

Dahinter erkenne ich aus der Ferne das kleine Wäldchen.

An seinem Platz. Ein sicherer, unveränderlicher Ort.

Hinter dem Feld biege ich links in eine Wildnis aus Sand, trockenem Gras und Büschen, die vielleicht einmal ein Zufahrtsweg war. Jetzt verirren sich, wenn überhaupt, nur Pilzsucher hierher.

Ein bisschen unwegsamer als damals ist das Gelände.

Nein, die Zeit ist hier nicht stehen geblieben, nur langsamer vergangen.

In den Hagebutten vor mir raschelt es. Ein Fasan flieht quer über das Feld.

Mein Blick richtet sich wieder auf das Gehölz dahinter und sucht darin nach klaren Umrissen.

Es muss dort sein.

Enttäuschung macht sich breit in mir, weil ich nichts entdecken kann. Dabei bin ich nur ungeduldig und habe vergessen, dass man es immer erst im letzten Moment sieht.

Der Grund neigt sich ein wenig in Richtung des Waldes, meine Schritte werden schneller, und schließlich finden meine Augen, was sie suchen.

Kaum mehr als ein Schatten inmitten der Bäume, fast am anderen Ende des Haines gelegen.

Die Überreste eines kleinen, grauen Hauses.

»Eines Tages wohne ich hier«, höre ich dich sagen, damals, vor 30 Jahren. »Dann steht *Köhler* auf dem Klingelschild. Und mein Hund rennt durch den Wald da. Ist doch ein tolles Haus, oder nicht?«

Ich, sieben oder acht Jahre alt, nicke.

Es sieht ein bisschen düster aus, wie ein Hexenhaus, aber ich mag das.

»Ich muss doch nur herausfinden, wem das hier gehört, dann kaufe ich es ihm ab.« Deine Stimme klingt aufgeregt. »Nur das Dach müsste man ausbessern. Frische Farbe, ein paar Blumen, dann ist es herrlich! Und hörst du die Vögel? Sie sind die Einzigen, die hier ein bisschen Lärm machen.«

Tatsächlich ist das Haus auf den zweiten Blick schon ziemlich verfallen, das Dach halb eingestürzt unter einem Baum, den der

Sturm dahingerafft hat. Aber ich sehe, wie es in deinen Augen zu neuem Leben erwacht.

◇

Und dann sehe ich mich, irgendwann später, wie ich mich dem Haus allein nähere.

Deinem Haus.

Gleich vorn am Weg steht ein Holzschild, auf das du mit weißer Farbe den Namen *Köhler* gepinselt hast. Die Wildnis auf der Zufahrt wurde gezähmt. Unter den Bäumen steht dein kleines, rotes Auto. Die Fassade wurde weiß gestrichen, so dass das Haus sogar auf der dunklen Waldseite freundlich und einladend aussieht.

Köhler steht nun auch an der Klingel. Es ist deine Handschrift, denn es ist dein Haus geworden, genau so wie du es dir gewünscht hast.

Endlich begreife ich, dass dein Wunsch damals nicht bloß eine Spinnerei war.

Ich drücke auf den Knopf, höre ein Summen, doch du machst nicht auf. Also gehe ich über den mit Blättern übersäten Waldboden um das Haus herum. Pepe, dein langhaariger, weißer Hund, kommt kläffend um die Ecke gepest und springt mich an. Ich weiß nie, ob er sich freut oder einen Eindringling in mir sieht. Wahrscheinlich weiß er es selbst nicht.

Er rennt dorthin zurück, wo er hergekommen war, ich folge ihm. Der Hund und ich finden dich auf deiner Terrasse, gebückt vor deinen Pflanzenkübeln, in denen jetzt, wie immer zu dieser Jahreszeit, scharenweise Tulpen in gelb, orange und lila leuchten.

Niedrige Rhododendren mit weißen und rosafarbenen Knospen trennen die Terrasse von der Wiese, auf der in der Ferne ein paar Kühe grasen.

Pepes Gekläffe hat dich wachsam werden lassen, aber du hast mich sowieso erwartet und erschrickst nicht, als ich um die Ecke komme.

»Na?«, sagst du, als wäre ich nur kurz zum Einkaufen gefahren und nicht das erste Mal seit Wochen wieder hier.

Etwas mühsam reckst du dich auf, die Blumenschaufel in der Hand, umarmst mich kurz, und erzählst mir, wie sehr du dich über deinen Garten und den Frühling freust.

»Habe ich es nicht schön hier?«, fragst du strahlend.

Dann bittest du mich, den Kaffee und die Kekse nach draußen zu holen, wo eine kleine Bank und dein Korbsessel im Schatten der Bäume stehen.

Pepe bleibt hechelnd an der Terrassentür stehen und beobachtet, wie ich im Inneren deines Hauses verschwinde.

Weicher Teppich, das helle Sofa. Bunte Orchideen auf der Fensterbank. Deine selbstgemalten Bilder von Sonnenblumen und Marschwiesen, das Regal mit deinen Lieblingsbüchern.

Du hast es dir gemütlich gemacht in deinem Haus.

Um den Kachelofen anzuheizen, ist es schon zu warm.

Ich gehe in den Flur und schaue mir jedes einzelne Bild an, das dort hängt. Dein verstorbener Mann. Meine Mutter, mein Vater und ich. Deine Schwester, dein Bruder. Deine Eltern. Alle hängen dort in der gleichen Reihenfolge wie in der Wohnung, in der du so lange gelebt hast.

Es wäre nicht dein Haus ohne sie, ohne uns.

Ich laufe an der offenen Schlafzimmertür vorbei. Mildred, die alte Katze, liegt auf dem Bett. Träge hebt sie den Kopf, blinzelt mich an, streckt ein Vorderbein und legt sich wieder schlafen.

Aus dem Wohnzimmer höre ich das einmalige Schlagen der Standuhr zur halben Stunde.

◇

Im nächsten Augenblick habe ich vergessen, weswegen ich ins Haus gegangen war.

Hatte ich etwas holen wollen? Nach etwas gesucht?

Ich sehe mich um und bin nicht mehr sicher, wo sich welcher Raum befindet.

Das Haus habe ich von der Rückseite her betreten. Ein großer, leerer Raum – das Wohnzimmer? – liegt zwischen mir und dem offenen Ausgang zur Terrasse, wo sich wahrscheinlich einmal eine Tür befand.

Auf dem Fußboden des kahlen Raumes und im Flur liegen große, vertrocknete Ahornblätter.

Kurz schaue ich in die anderen Zimmer und sehe leere Wände, die stellenweise abbröckeln, hier und da hängen Tapetenreste herab.

Ich finde die Haustür, die auf die Einfahrt hinausführt. Ein vergilbtes Stück Stoff hängt vor dem Türglas, die Tür ist nur angelehnt. Wer war zuletzt hier und hat sie offen gelassen?

Ich trete hinaus, gehe ein paar Schritte durch kniehohes Gras und Brombeergestrüpp, drehe mich um und betrachte das Haus von außen.

Die Fassade ist dunkelgrau, wie sie immer war.

Das Dach ist nun vollständig eingestürzt und hat einen Teil

der Außenwand mit sich gerissen. Da, wo Fenster waren, sind nur noch Löcher.

Wieder gehe ich zurück zur Haustür.

Dort beuge ich mich vor und entziffere die verblassten, mit dünnem Filzstift geschriebenen Buchstaben, die neben der Klingel stehen: *Flothow / Behrens*.

Mir sagen die Namen nichts und die Handschrift kenne ich nicht. Die Buchstaben verschwimmen vor meinen Augen, bis es fast so aussieht, als stünde dein Name dort.

Das schwarze Bild

Die folgende Geschichte ist die einzige in diesem Band, zu der mir die Idee schon vor vielen Jahren kam, lange bevor ich mit der Schriftstellerei begann. Damals tauschte ich mich in Onlineforen mit anderen kreativen Fans der Serie Akte X *aus und wir sammelten eigene Storyideen für neue Folgen. (Tatsächlich kann ich mir immer noch vorstellen, wie nach dem Ende der folgenden Erzählung erst die unheimliche Titelmusik ertönt und danach Mulder und Scully ihre Ermittlungen aufnehmen.) In ihrer jetzigen Form habe ich die Geschichte jedoch erst im März 2019 aufgeschrieben.*

»Darf ich mal?«, fragte Eva.

Ein dicker Mann mit Hut war mitten auf dem Weg zwischen den Marktständen stehen geblieben. Zwischen ihm und einer älteren Dame, die mit dem Rücken zu ihr in einem Stapel Stofftaschen wühlte, zwängte Eva sich hindurch. Der Mann wich ihr aus, während er weiterredete. Hinter ihm, vor einem Stand mit bunten Töpferwaren, hatte sich eine Lücke gebildet. Dorthin flüchtete Eva nun und sah sich um.

An diesem heißen Sommertag herrschte überall auf dem Künstlerflohmarkt reges Treiben. Familien, Pärchen und Freunde schlenderten über die Kieswege, vorzugsweise im Schatten, blieben zum Stöbern an den Ständen stehen, picknickten auf der Wiese in der Mitte. Von allen Seiten war Gemurmel zu hören.

Etwas Musik wehte vom anderen Ende der Wiese herüber, wo eine kleine Bühne stand.

Die Stimmung war locker und entspannt, doch Eva mochte Menschenansammlungen nicht, außerdem machte sie sich nicht viel aus Kunstgegenständen. Auch jetzt war sie nur gekommen, weil Adriana sie darum gebeten hatte.

Eva betrachtete all die Menschen vor und hinter den Verkaufstischen. Viele von ihnen waren bunt gekleidet, sie kam sich vor wie auf einem Hippie-Festival.

Kein Wunder, dass sie Adriana ausgerechnet hier treffen würde. Aus dem Nichts hatte sich ihre alte Freundin bei ihr gemeldet und von ihrem Marktstand erzählt, wegen dem sie nun erstmals seit vielen Jahren wieder in der Stadt war. Seit mindestens 15 Jahren hatten sie sich nicht mehr gesehen.

Warum hatte sie nie wieder etwas von ihr gehört?

Eva meinte sich zu erinnern, dass sie den Kontakt irgendwann ganz abgebrochen hatte, weil sie das Gefühl gehabt hatte, Adriana würde niemals erwachsen, sondern im Gegenteil: immer verrückter. Eva hatte oft zwischen den Stühlen gesessen zwischen der unangepassten Freundin und den anderen, für die Adriana nur Verachtung übrig gehabt hatte.

Gewiss war das nach so vielen Jahren vergessen. Sie waren doch längst erwachsen.

»Ich möchte dich sehen«, hatte Adriana am Telefon gesagt. Sehr bestimmt, selbstsicher wie eh und je. »Außerdem habe ich etwas für dich.« Das hatte Eva sehr neugierig gemacht.

Sie ging ein paar Schritte, in Gedanken versunken. Am nächsten Stand verkaufte ein kleiner, alter Mann selbst gemachten Goldschmuck und zeigte zwei Frauen einige Anhänger.

Evas Blick fiel auf den Stand daneben, an dem Bilder verkauft wurden. Eine Frau mit langen, blonden Haaren und weiter, bunter Kleidung stand hinter dem Tisch neben einem zerzausten, aber attraktiven, jungen Mann, der Geldscheine zählte und sie dann in eine metallene Box legte.

Die Frau lächelte ihn an.

Eva sah das Lächeln, ihr Herz machte einen nervösen Satz.

Es war Adriana.

Der junge Mann holte eine Leinwand unter dem Tisch hervor und stellte sie auf eine Staffelei hinter sich, während er mit Adriana sprach. Das Bild zeigte nichts als ein paar abstrakte Formen in verschiedenen, leuchtenden Farben.

Eva trat näher heran, wollte die beiden aber nicht unterbrechen. Die Kunstdrucke, die vor ihr auf dem Tisch lagen, sahen schlicht aus, eckige Flächen und Kreise in kräftigen Tönen.

Eva war ein wenig überrascht, dass eine so unberechenbare Person wie Adriana so aufgeräumte Bilder malte.

Oder waren es gar nicht ihre eigenen Werke?

»Eva!«, rief Adriana laut, als sie sich Eva zudrehte. »Du bist tatsächlich hier!«

»Hallo, Adriana.«

»Wie gut du aussiehst! Als wäre kein Jahr vergangen!«

Eva lachte gekünstelt und antwortete nicht. Höflichkeitsfloskeln waren nicht ihr Ding, außerdem hatte Adriana durchaus ein paar Falten um die Augen bekommen.

»Bist du so lieb, Simon, und passt auf den Stand auf?«, fragte Adriana ihren Gehilfen. »Ich bin gleich zurück.«

»Klar, kein Problem.«

»Du bist ein Engel.«

Adriana wedelte mit der linken Hand und sagte an Eva gewandt: »Los, komm mit.«

Sie verschwand mit schnellen Schritten hinter einer Reihe von Staffeleien. Eva folgte ihr zu einem kleinen Transporter, dessen Hintertüren offenstanden.

Adriana war hineingeklettert und Eva hörte gedämpft ihre Stimme aus dem Inneren des Wagens: »Wie lieb von dir, zu kommen! Gefallen dir die Bilder?«

»Ja, schon ... Aber du weißt ja, ich bin keine Expertin.«

»Schon gut!«

»Du warst ja schon immer die Künstlerin von uns beiden. Weißt du noch, wie Frau Unruh immer gesagt hat, wir seien wie Tag und Nacht?«

Eva sah in den Transporter, in dessen Laderaum Adriana mit dem Rücken zu ihr einen großen Karton durchsuchte.

»Ja, das war lustig. Aber weißt du, es spielt keine Rolle, wie viel du über Malerei weißt. Entweder packt dich ein Kunstwerk oder nicht.«

»Das sagt Markus auch immer. Er hat ein Faible dafür. Vielleicht solltet ihr euch kennenlernen.«

»Wunderbar!«

»Er ist kein Sammler oder sowas, aber er liebt Galerien.«

»Ganz wunderbar«, wiederholte Adriana, durch ihre Suche abgelenkt.

»Ah, da ist es ja!«, rief sie.

»Was denn?«

Adriana drehte sich um und hielt etwas Großes, Flaches in den Händen, das mit braunem Papier umhüllt war. Sie hielt es Eva hin, die auf dem oberen Rand ihren eigenen Namen mit dickem, schwarzem Stift geschrieben las.

»Und das, meine liebe Eva«, sagte Adriana mit gespielter Theatralik, »ist ganz allein für dich.«

Dann lachte sie etwas übertrieben.

»Für mich?«

»Pack es aus!«

Eva zögerte, dann nestelte sie an dem Papier herum.

»Ich helfe dir«, sagte Adriana, und zerriss das Papier mit einem kräftigen Schwung. Zum Vorschein kam eine quadratische, auf einen Holzrahmen gespannte Leinwand, die etwa ein Meter hoch und ebenso breit war.

Als Adriana sie umdrehte, fiel Evas Blick auf eine einzige, schwarze Fläche.

Der Anblick wirkte wie ein Schock auf sie, ihr Magen zog sich zusammen.

Was sollte das bedeuten?

Adriana las in ihrem Gesicht und sagte mit sanfter Stimme: »Ich habe das wirklich nur für dich gemalt, in nur wenigen Stunden, in denen ich sehr fest an dich gedacht habe, an diese unvergesslichen Jahre, die wir gemeinsam hatten.«

Sie sah Eva eindringlich an.

»Das Bild ist voller Erinnerungen, so kann man es wohl sagen. Es bedeutet mir wirklich viel. Ich möchte einfach, dass du es mitnimmst und es dir ab und zu anschaust.«

Als Adriana merkte, dass es ihrer alten Freundin schwer fiel, zu antworten, redete sie weiter: »Ich hoffe, all das Schwarz macht dir nichts aus. Weißt du, für mich ist es überhaupt nicht negativ. Dass Tod und Trauer schwarz sind, das wurde uns doch bloß anerzogen. Wenn ich Erinnerungen in ein Kunstwerk gießen möchte, male ich oft in schwarz. Keine Farbe, keine Ablenkung. Es geht um das Eintauchen, um Konzentration, die Tiefe.«

Eva konnte ihr nicht folgen und fragte sich, ob sich Adriana einen bösen Scherz erlaubte.

Andererseits: So war es früher auch schon oft gewesen. Sie tickten einfach unterschiedlich und ein Teil von Adriana war Eva immer ein Rätsel geblieben.

Adriana sah sie abwartend an, dann lächelte sie plötzlich und legte Eva eine Hand auf die Schulter. »Nimm es einfach mit, häng es auf oder lass es bleiben. Ich wette, dass Markus da auch ein Wörtchen mitzureden hat, habe ich recht?«

»Ja.«

Um noch irgendetwas zu sagen, fügte Eva schnell hinzu: »Ich melde mich bei dir. Dann trinken wir ein Glas Wein und du kannst ihn kennenlernen.«

Sie merkte selbst, dass es halbherzig klang.

Doch Adriana strahlte.

»Ich würde mich so freuen! Komm, gib her, ich packe das Bild wieder ein, damit es unbeschadet zu Hause ankommt.«

Adriana schlug die Leinwand in ein neues Stück Packpapier ein, klebte es an der Rückseite zusammen und gab Eva das Bild zurück.

Diese riss sich noch einmal zusammen und sagte: »Ich danke dir für dieses Geschenk, Adriana. Mach es gut.«

Adriana lächelte sie wortlos an und nickte nur leicht.

Eva drehte sich um. Sie wollte Adrianas Stand so schnell wie möglich verlassen, zwang sich aber zu einem Gang, der entspannt aussehen sollte.

Adriana blickte Eva hinterher, wie sie sich unter die anderen Besucher mischte, das Bild achtlos an der Hand baumelnd.

Ihr Lächeln war verschwunden.

Als Eva am späten Nachmittag wieder ihre Wohnung betrat, fühlte sie sich matt, sie schwitzte, die Beine waren schwer und ihre Füße taten weh. Sie zog ihre Schuhe aus und brachte die Tasche mit den weiteren Einkäufen in die Küche. Das Bild stellte sie unausgepackt auf einer Kommode im Wohnzimmer ab.

Nach einer ausgiebigen, kühlen Dusche kam sie in Jogginghose und T-Shirt und mit feuchten Haaren wieder nach unten und dachte darüber nach, einen Kaffee zu trinken, entschied sich dann aber für ein Glas Weißwein.

Markus war mit Freunden beim Tennis und würde erst in ein paar Stunden zurück sein.

Ihr Blick fiel auf das Paket.

Vielleicht war das Bild gar nicht so hässlich. Vielleicht war es nur der unerwartete Anblick im ersten Moment gewesen.

Eva stellte das Weinglas auf den Wohnzimmertisch, ging barfuß über das kühle Laminat zu der Kommode hinüber. Nahm das quadratische Paket, löste die Klebestreifen, zog das Bild heraus und stellte es wieder auf die Kommode.

Zurück am Tisch hob sie ihr Glas und betrachtete im Stehen das seltsame Werk mit etwas Abstand, während sie ihren Wein nippte. Es war tatsächlich nur eine dunkle Fläche, die die Leinwand aber nicht ganz bedeckte. Nach außen hin ging das Schwarz erst in ein Grau über, das ebenfalls heller wurde. Der äußerste Rand war komplett weiß belassen worden, so dass er aussah wie ein Passepartout.

Doch, es war hässlich.

Und es war ein Fremdkörper in ihrer Wohnung, die ansonsten von hellen, warmen Farben bestimmt war. Ein kantiges, dunkles Etwas, das trotzig hervorstach.

Eva lächelte und schüttelte den Kopf.

Was für ein sonderbares Geschenk, selbst von jemandem wie Adriana.

Sie wandte den Blick ab, lief zur Musikanlage und legte eine CD mit klassischer Musik ein. Überlegte, ob sie Hunger hatte, entschied sich aber, mit dem Essen auf Markus zu warten. Sie ging in die Küche und schenkte sich Wein nach.

Adrianas Einzimmerwohnung bestand aus kaum mehr als Malutensilien. Auf der Küchenzeile wie in ihrem engen Badezimmer reihten sich Gläser mit Pinseln und Dosen voller Farben aneinander. Gegenüber von ihrem Matratzenlager lehnten große und kleine Bilder in mehreren Reihen an der Wand. Ein abgewetztes Sofa, ein bescheidener Kleiderschrank, eine Truhe und ein Schemel waren die einzigen Möbel, die sich um die Staffelei in der Mitte des Raums gruppierten.

Die Besitzerin dieser wenigen Dinge kniete auf dem Boden und starrte in ein kleines Notizheft, das sie aufgeschlagen vor sich hielt. Ein altes Tagebuch, das sie aus den Tiefen ihrer Truhe hervorgeholt hatte. Seit vielen Jahren hatte sie es versucht zu ignorieren, hatte den Schmerz vergessen wollen, die Gefühle von Erniedrigung und Isolation. Doch der Punkt war gekommen, an dem sie verstanden hatte, dass sie nie vergessen würde. Dass etwas anderes geschehen musste, um es zu überwinden. Etwas, von dem sie noch gar nicht lange wusste, dass sie dazu fähig war, und das ihr ein nie gekanntes Gefühl von Macht gab.

Adrianas Blick raste über die handgeschriebenen Zeilen, aber an einer blieb sie hängen.

... schäme mich, wenn sie mich mit dir sehen ...

Mehrmals las Adriana diesen ungeheuerlichen Satz.

Dann riss sie wütend eine Seite nach der anderen heraus und hielt sie in die Flamme einer der Kerzen, die neben ihr auf dem Boden standen. Die brennenden Seiten legte sie in eine Schale und beobachtete, wie sie vom Feuer verzehrt wurden.

Nach wenigen Augenblicken blieb nur ein Häufchen verkohltes Papier übrig. Mit Genugtuung roch Adriana den Qualm, der darüber in der Luft hing. Er schien ihr wie ein Vorbote dafür, dass sie endlich mit der Vergangenheit würde abschließen können.

Sie zerstampfte die schwarzen Papierreste mit einem Mörser, während ihr heiße Tränen über die Wangen liefen. Aus einem großen Behälter kippte sie schwarze Farbe hinzu und verrührte sie mit der Asche. Vollendet wurde das Werk erst durch machtvolle Essenzen, die sie tropfenweise aus kleinen Glasfläschchen hinzugab.

Sie vermischte alles erneut und tunkte den Pinsel hinein. Dabei fluchte sie leise vor sich hin, gegen das Gefühl der Erniedrigung ankämpfend, das genau so stark wie früher war.

Schon nach dem ersten Pinselstrich wusste Adriana, dass es kein Zurück mehr gab.

Doch erst als sie erschöpft vor dem fertigen Werk stand, atmete sie tief ein und aus und wischte sich die Tränen weg.

Eva sah auf die Uhr und beschloss, die Musik wieder aus- und den Fernseher einzuschalten, um sich die Nachrichten anzusehen. Doch zurück im Wohnzimmer wurde ihr Blick erneut von dem schwarzen Rechteck angezogen.

Es war wie ein schwarzes Loch, das aus dem Nichts plötzlich in ihrer Wohnung aufgetaucht war.

Eva blieb stehen, diesmal nur einen halben Meter davor, und nahm zum ersten Mal wahr, dass die Fläche nicht einfach nur dunkel und glatt war. Sie konnte reliefartige Strukturen darin erkennen, die in geraden Streifen über die Leinwand verliefen. Mit den Fingerspitzen fuhr sie darüber und fragte sich, ob diese Strukturen irgendetwas Bestimmtes darstellen sollten, als ihr noch etwas anderes auffiel: Zusätzlich zu den erhabenen Formen durchkreuzten feine, kaum erkennbare rote Linien die schwarze Fläche.

Vielleicht waren sie nur in einem bestimmten Licht oder aus einer bestimmten Perspektive sichtbar. Aber Eva hatte nun den Eindruck, dass sie immer deutlicher hervortraten.

Stellten sie etwas dar? Vielleicht ein Haus mit Fenstern und einer Tür?

Sie machte einen Schritt rückwärts und erschrak. Dass sie die roten Linien vorher übersehen hatte, war eigentlich unmöglich. Sie verliefen teils längs, teil quer über das Bild und leuchteten nun in einem unheilvollen Orange-Rot, das an Glut in schwarzer Kohle erinnerte.

Eva vergaß das Glas in ihrer Hand und starrte wie hypnotisiert auf das Bild.

Was hatte Adriana da fabriziert? Dieses unheimliche Machwerk sollte allen Ernstes ein Geschenk für sie sein?

Sie traute ihren Augen nicht, als die glühenden Striche noch klarer hervortraten und die Schwärze um sie herum dadurch noch tiefer erschien. Der Anblick erinnerte an Magma, die nach oben quoll und dunkles Gestein an der Oberfläche schmelzen und aufplatzen ließ.

Das ganze Bild geriet in Bewegung, der rötliche Lichtschein flackerte.

Eva machte einen weiteren Schritt nach hinten. Gleichzeitig traten die reliefartigen Linien weiter aus der Leinwand hervor. Ein Bauwerk mit hohen, parallelen Wänden, aus dessen Inneren höllisches Licht drang.

Das halbvolle Weinglas glitt Eva einfach aus der Hand und zerbrach am Boden. Die dunklen Wände wuchsen weiter aus der Leinwand hinaus und empor, überragten längst das Bild, in dem sie verborgen gewesen waren.

Dazwischen schlug Eva beißende Hitze entgegen.

Panik stieg ihr die Kehle hoch. Doch vor Fassungslosigkeit blieb sie stumm, nur ein leises Keuchen drang aus ihrem Mund, während sie rückwärts stolperte.

In wenigen Sekunden hatten die schwarzen Mauern die Höhe des gesamten Zimmers erreicht.

Grelle, gierige Flammen hatten darin freie Bahn.

Eva spürte ein Beben, als die Mauern sich hinter ihr schlossen. Die schrecklichen Wände, die Adriana nur für sie erschaffen hatte, hatten ihr Wohnzimmer vollkommen ersetzt. Ihre nackten Füßen spürten nicht länger das kühle Laminat, sondern Steinboden, so heiß wie glühende Kohle.

Über Evas Kopf schlugen riesige Flammen zusammen.

Überall um sie herum war es heiß, unerträglich heiß.

Beißender Qualm stieg ihr in die Nase, die Hitze nahm ihr die Luft zum Atmen.

Flammen, überall Flammen.

Viel zu nah, viel zu heiß.

Nur noch ein Augenblick blieb Eva, um zu verstehen, dass ihr kein Ausweg blieb.

Radegundes Kamm
oder Die unverhoffte Flucht

Für eine Anthologie wurden Kurzgeschichten gesucht, die klassische Märchenmotive mit Science-Fiction-Elementen verbinden. Das klang so interessant, dass ich es ausprobieren musste, und so entstand an nur einem Tag die folgende Erzählung.

In die besagte Anthologie hat sie es nicht geschafft, aber ich hatte so viel Freude mit ihr, dass ich sie im April 2019 auf buchstabenwg.de veröffentlichte, einem Blog, den mehrere Autor*innen auf lockerer Basis gemeinsam betreiben.

»Wie schön du bist, mein Kind«, säuselte Frau Gothel am anderen Ende des Raumes, während sie dort die letzten zwei Meter von Radegundes blondem Haar kämmte. »Viel schöner als ich es je war.«

Radegunde verdrehte die Augen. Die Alte war heute wieder besonders melancholisch. Und so ermüdend langsam! Das Kämmen dauerte schon fast drei Stunden.

Durch eines der kleinen Turmzimmerfenster sah Radegunde ein Stück blassblauen Himmel und die Sonne, die schon recht tief stand.

Nicht mehr lange, und sie verschwindet hinter den Bäumen. Spätestens dann will ich hier allein sein.

»Aber das ist doch Unsinn«, sagte sie. »Ihr wart einst die

begehrenswerteste Frau im ganzen Land, das habt Ihr mir doch immer wieder erzählt.«

Um es Euch selbst einzureden.

»Ach«, sagte Frau Gothel ärgerlich. »Aber wie kann es dann sein, dass ich niemals eigene Kinder bekommen habe?«

Wieder das alte Klagelied.

Radegunde beantwortete die Frage nicht. Sie wusste, sie würden sich dann nur weiter im Kreis drehen.

Und was sollte sie ihr auch sagen? Dass eine humorlose, ewig jammernde Frau, der man die Verbitterung ansah, für niemanden sonderlich attraktiv war?

Sie musste sie hinauskomplimentieren, und zwar bald, ohne sie dabei Verdacht schöpfen zu lassen.

»Ihr habt so viel für mich getan«, sagte Radegunde mit geübter Engelszunge. »Mir so viel beigebracht. Für mich gesorgt, wenn ich krank war, mir zugehört, wenn ich unglücklich war. Ich bin doch wie Euer eigenes Kind!«

»Das ist wohl wahr!«, erwiderte Frau Gothel. »Und wie gut du es hier hast! Deine Eltern dagegen ...« – bei diesem Stichwort hörte Radegunde schon gar nicht mehr hin – »... diese einfältigen, egoistischen Nichtsnutze, hätten dich am Ende doch völlig verwahrlosen lassen. Aber selber sich den Bauch vollschlagen, das konnten sie! Und mich bestehlen!«

Radegunde war aufgestanden und an eines der vier Fenster getreten, von denen aus sie in allen vier Himmelsrichtungen nichts als Wald erblickte. Inzwischen war sie erwachsen und groß genug, um hinaussehen zu können. Als Kind hatte sie nicht die leiseste Ahnung davon gehabt, wie die Welt vor ihren Fenstern aussah.

Da ist nichts, wird die Alte gleich sagen.

»Da ist nichts«, sagte Frau Gothel.

Doch, hätte Radegunde fast geantwortet. Aber sie riss sich zusammen.

Doch, Bäume waren da. Vögel, die am Himmel kreisten. Wolken. Die Sonne, der Mond, die Sterne.

So viel mehr noch, von dem sie keine Ahnung hatte, weil ihre Ziehmutter alles, was da draußen war, verteufelte.

Draußen. Wo es einen freundlichen, jungen Mann gab.

Radegunde sah Frau Gothel an, die mit dem Kämmen fertig war und sich ächzend aufrichtete, das Gesicht verzerrt.

»Herrje, Kind, meine Hüfte macht mir schlimm zu schaffen heute.«

»Ich habe Euch doch schon gesagt: Ihr müsst mir nicht jeden Tag die Haare ...«

»Doch, doch. Es macht mir so viel Freude, mich um dich zu kümmern.«

Radegunde raffte ihre Haare zusammen, soweit sie es konnte. Mit einem Seufzer ließ sie sich auf der Chaiselongue unter dem Westfenster nieder, durch das noch schräg etwas Sonnenlicht auf den bunten Teppich fiel.

Sie mochte ihr Turmzimmer. Es war gemütlich. Aber immer häufiger hasste sie es auch und wollte am liebsten die Wände hochgehen.

Sie dachte an Heinrich, den freundlichen, jungen Mann, der heute wieder todesmutig an ihrem langen Haar zu ihr hinauf- und wenige Stunden später wieder hinabklettern würde.

Doch an den Abschied wollte sie jetzt noch nicht denken.

»Ich glaube, ich werde mich jetzt ausruhen müssen.«

»Ganz recht, Kind. Ich schicke dir später noch dein Abendessen hinauf. Es gibt frische Rapunzeln aus dem Garten!«

»Ich danke Euch.«

Frau Gothel legte den großen, dicken Kamm, mit dem sie für gewöhnlich beidhändig Radegundes Haare bearbeitete, auf das hübsch verzierte Holztischchen neben das Himmelbett. Dann lächelte sie ermattet und öffnete die Tür, über deren Schwelle Radegunde noch nie in ihrem Leben getreten war. Eine Wendeltreppe führte dahinter hinab in die unteren Geschosse, in denen Frau Gothel lebte.

Endlich trat die Alte hinaus, zog die schwere Tür hinter sich zu und verriegelte alle drei Schlösser.

Die drei winzigen Lämpchen, die jeweils für eine Sekunde an den Türschlössern rot blinkten, beachtete Radegunde kaum.

Frau Gothels langsame, unregelmäßige Schritte auf der Wendeltreppe – wegen ihrer Hüfte schleppte sie sich Gott sei Dank nur noch einmal am Tag in Radegundes Zimmer – waren kaum verhallt, da wechselte SICO-78a die Frequenz.

SICO-78a war Radegundes Kamm, der zusammen mit ihrem Spiegel, den Nachttisch- und Deckenlampen, dem Blumentopf auf der Fensterbank und den drei Türschlössern ein Netz aus intelligenten Objekten bildete, welches Frau Gothel kurz vor Radegundes drittem Geburtstag im Turmzimmer installiert hatte. Ein Smart Home war ihr Zuhause schon lange davor gewesen, mit einem Kühlschrank, der selbst Lebensmittel im Supermarkt bestellte, intelligenter Heizung und Waschmaschine. Aber erst als Radegunde in ihr Leben getreten war, hatte sie die neuen technischen Möglichkeiten so richtig schätzen gelernt.

Anhand der schlauen Gegenstände, die ihr regelmäßig Bericht erstatteten, konnte Frau Gothel auf verschiedenen Endgeräten in ihrer eigenen Wohnung Radegundes Aktivitäten überwachen, ohne den Turm erklimmen zu müssen.

Die Deckenlampe meldete mehrmals täglich Raumtemperatur und Luftfeuchtigkeit, während die Nachttischlampe nicht nur verriet, wann Radegunde sie an- und ausschaltete, sondern auch über mehrere Sensoren mit ihrem Himmelbett verbunden war. So wusste Frau Gothel stets, wann das Kind unruhig schlief. Radegundes Kamm gab der Ziehmutter zweimal täglich Auskunft über den körperlichen wie seelischen Gesundheitszustand des Mädchens, indem er die chemische Zusammensetzung ihrer Haare analysierte. Falls nötig, passte Frau Gothel die Ernährung daran an und verabreichte Vitaminpräparate oder Tabletten.

Sowohl in den Spiegel als auch in den Rand des Blumentopfes waren nanomillimetergroße Kameras und Mikrofone integriert, über die Frau Gothel auf ihren Monitoren das Geschehen im Turmzimmer live streamen konnte. Sogar der Kamm verfügte über eine solche Kleinstkamera. Und die Türschlösser protokollierten, wann sie auf- und wieder zugeschlossen wurden. (Ursprünglich war auch der Türknauf über einen Sensor mit ihnen verbunden gewesen und hatte automatisch Fingerabdrücke von jeder Person übermittelt, die ihn angefasst hatte. Aber Frau Gothel war es leid geworden, immer wieder ein Pop-up-Fenster mit ihrem eigenen Fingerabdruck auf ihrem Smartphone wegklicken zu müssen, und hatte den Sensor deaktiviert.)

Radegunde ahnte von alldem nichts.

Was aber wiederum Frau Gothel nicht wusste: Sie war mit ihrem intelligenten Netzwerk zunehmend nachlässig umgegangen. Jahrelang hatte sie nicht die erforderlichen Sicherheitsupdates installiert, die unter anderem dafür sorgen sollten, dass das Smart Home immer nur das tat, was es sollte.

Und so hatten die Objekte angefangen, ihre Intelligenz und Kommunikationswege nach und nach ohne Sicherheitsschranken eigenmächtig weiterzuentwickeln. Bild für Bild, Ton für Ton hatten sie sich einen eigenen, umfassenden Eindruck davon verschafft, was sich in Radegundes Zimmer zutrug. Hatten das Mädchen zu einer schlauen, wehrhaften Frau heranwachsen sehen, die doch furchtbar eingeschränkt blieb, unter der Fuchtel der herrschsüchtigen Alten.

Starke Hormonschwankungen hatten den Kamm SICO-78a (SIC stand für Super Intelligent Comb, und es war das erste Modell dieser Serie mit 78 Zinken) längst darauf schließen lassen, dass Radegunde äußerst unausgeglichen war, besonders in Gegenwart der Frau Gothel. Manchmal war sie nach einem längeren Besuch der Alten regelrecht krank geworden. So hatte der Kamm beschlossen, etwas zu unternehmen.

Es hatte ihn Monate, im Fall der Türschlösser sogar Jahre gekostet, mit allen Objekten ein stabiles, geheimes Kommunikationsnetz aufzubauen, auf das Frau Gothel keinen Zugriff hatte. Als dies gelungen war, hatten die schlauen Gegenstände ausgemacht, dass Frau Gothel nicht mehr über alles Bescheid wissen musste. Radegunde hatte ein Recht auf Freiheit und Privatsphäre!

Alle Elemente mit Kamera hatten eingewilligt, immer dann, wenn es nötig war, statt der aktuellen Bilder zusammengeschnittenes Archivmaterial auf Frau Gothels Monitore zu übertragen. Dank ihrer schnellen Reaktions- und Improvisationsfähigkeit war es den schlauen Geräten sogar gelungen, schon die erste Kontaktaufnahme zwischen Radegunde und ihrem Liebhaber

Heinrich unverdächtig erscheinen zu lassen. Mit Glück und Geschick hatten sie von vornherein vermieden, dass Frau Gothel von seinen Besuchen wusste.

Aber als das Schauspiel reibungslos klappte, blieb die Frage: Was konnten sie sonst für die gebeutelte Gefangene tun?

Nach zähem Ringen einigten sich fast alle smarten Elemente darauf, dass man Radegunde einfach aus ihrem Gefängnis befreien sollte. Die Schlösser sollten den Weg freigeben, und dann musste es gelingen, die junge Frau darauf aufmerksam zu machen, dass sie nur die Tür zu öffnen und zu gehen brauchte.

Allein das Super Intelligent Lock SILOC-4056c, das unterste der drei Türschlösser, weigerte sich, da mitzumachen.

Es bräche der alten Frau Gothel das Herz, so seine Logik, und sie sei schließlich die Eigentümerin des Turms, somit der Turmzimmertür und der Schlösser, die ihr zu gehorchen hätten. SILOC-4056c hielt das Ganze für eine dreiste Meuterei.

Aber SICO-78a wollte nicht aufgeben. Zu lange hatten sie bei diesem üblen Spiel zugeschaut.

Heute musste endlich etwas passieren.

Von seinem Platz auf dem Nachttisch aus sah SICO-78a eine Stunde später, wie Radegunde im Dämmerlicht zu dem Fenster trat, das nach Norden zeigte, und die Fensterläden langsam öffnete, damit sie nicht knarrten. Ihr langes, blondes Haar wickelte sie zu einem dicken Bündel und warf es mit viel Schwung aus dem Fenster, wie sie es schon seit einem guten halben Jahr an jedem Sonntagabend tat.

»Livestream abgestellt«, meldeten wie üblich alle Kameras nacheinander.

Radegunde beugte sich hinaus und winkte nach unten. Kurz darauf ruckte ihr Kopf leicht vorwärts, und SICO-78a registrierte, wie sie sich mit beiden Händen an der Innenwand vor dem Fenster abstützen musste, um nicht vom Gewicht des Mannes, der jetzt an ihren Haaren nach oben kletterte, zum Fenster hinausgezogen zu werden. Doch es schien ihr nichts auszumachen. SICO-78a hörte sogar, wie sie ein Lachen zu unterdrücken versuchte.

Minuten später erschien das Gesicht von Radegundes Besucher am Fenster. Er stützte sich am Fensterrahmen ab und kletterte vorsichtig, um nicht zu viel Lärm zu machen, ins Zimmer. Sein Gesicht glühte vor Freude, als er Radegunde ansah, und auch sie strahlte ihn an. Dann umarmten sie sich innig und küssten sich so lange wie noch nie vorher.

»Es ist nicht recht, dass die beiden das nur heimlich in diesem Zimmer machen können«, meldete SICO-78a an die anderen Objekte. »Menschen funktionieren nicht gut, wenn sie eingesperrt sind. Es ist ungesund.«

»SILOC-4056a und ich bleiben dabei: Wir geben den Weg frei wie vereinbart«, meldete SILOC-4057b, das mittlere der beiden Türschlösser. Es war zwar das neuste aller Objekte in diesem Raum, weil sein Vorgänger wegen einer Fehlfunktion vor vier Jahren von Frau Gothel ausgetauscht worden war. Trotzdem hatte es weit schneller den Ernst von Radegundes Lage erkannt als das unter ihm angebrachte Zwillingsmodell.

»Frau Gothel sitzt unten auf dem Sofa und hat den Tablet-PC in der Hand«, meldete die Blumentopf-Kamera SICAM-98qr. »Im Moment sieht sie sich *Endstation Sehnsucht* an. Falls sie auf meinen Livestream umschalten sollte, sieht sie nur, wie das Mädchen auf der Chaiselongue liegt und ein Buch liest.«

»Heute lassen wir sie frei«, meldete SICO-78a. »Ihr wisst, was ihr zu tun habt?«

»Ja«, meldeten fast alle.

»Nur SILOC-4056c wird uns wieder alles vermasseln«, meldete SIM-040, der Spiegel.

Ratlose Funkstille.

Radegunde und ihr Besucher saßen inzwischen eng nebeneinander auf dem Bett und unterhielten sich. Dabei hielten sie sich bei den Händen und sahen sich in die Augen.

Die schlauen Mikrofone im Raum registrierten, wie Heinrich Radegunde vorschlug, die Tür einfach gewaltsam aufzubrechen, dann Frau Gothel zu überwältigen, falls sie sich ihnen in den Weg stellte, und so zu entkommen.

»Ich habe dir doch schon gesagt: Das geht nicht«, sagte Radegunde. »Diese Tür kann einfach niemand öffnen, wenn die Schlösser verriegelt sind.«

»Sie hat recht«, meldete SILOC-4056c in hämischem Ton an die anderen Geräte.

»Dann muss ich beim nächsten Mal ein langes, dickes Seil mit hinaufbringen, an dem du dann auch aus dem Fenster klettern kannst«, sagte Heinrich zu seiner Geliebten.

Die Kameras registrierten den Schrecken in Radegundes Gesicht, als sie sich dies vorzustellen versuchte. »Nie im Leben klettere ich da hinunter. Dann kann ich ja gleich springen.«

»Willst du denn auf ewig hier gefangen bleiben und nichts dagegen unternehmen?«, rief Heinrich und sah die Geliebte verzweifelt an.

»Natürlich nicht!«, schrie Radegunde.

SICO-78a erkannte ihren Frust – und auch, dass sie womöglich zu laut gewesen war.

SICAM-98qr bestätigte dies sofort: »Frau Gothel hat soeben ihren Tablet-PC weggelegt«, meldete die Kamera. »Sie ist aufgestanden und verlässt in diesem Augenblick den Raum.«

»Wir müssen sofort handeln«, meldete SICO-78a. »Wenn sie die zwei zusammen erwischt, sperrt sie Radegunde für immer ein und lässt sie hier verhungern. Sie und ihr Liebster müssen vorher hier raus.«

»Gib die Tür frei, Kollege«, meldete SILOC-4056a, oberstes der drei Schlösser.

Doch SILOC-4056c blieb stumm.

Radegunde und Heinrich bekamen vom stillen Aufruhr um sie herum nichts mit. Auch ahnten sie nicht, dass sich Frau Gothel wegen der verdächtigen Geräusche aus dem Turmzimmer längst auf den beschwerlichen Weg zu ihnen hinauf gemacht hatte.

Sie hatten begonnen, sich erneut innig zu küssen.

Doch plötzlich hörten sie die Alte von unten keifen: »Was treibst du da oben? Warum höre ich dich herumschreien, wo du doch schläfst?«

Die junge Frau und ihr Besucher fuhren vom Bett hoch, sahen sich an und blieben versteinert stehen.

Dann hörten sie und alle Mikrofone im Raum, wenn auch von der massiven Tür gedämpft, die unverkennbaren, unrhythmisch humpelnden Schritte auf der Treppe.

»JETZT!«, befahl SICO-78a.

Schlagartig wurde es stockdunkel im Zimmer, als die Deckenlampe SILA-1001 und die Nachttischlampe SILA-773d sich ausschalteten.

»Was …«, begann Radegunde und verstummte.

Nur sehr fahl schien etwas Mondlicht durch die Fenster.

Immer noch erstarrt sah sie zur Tür, zu der gleich ihre Ziehmutter hereinkommen würde. Kaum auszudenken, was dann geschehen mochte. Wenn sie sah, dass Radegunde nicht allein war, würde sie es zunächst gar nicht verstehen, dann aber zu toben beginnen, vielleicht über sie herfallen. Womöglich würde sie sich selbst noch etwas antun und sie hier für immer ihrem Schicksal überlassen.

Radegunde fixierte die Tür und sah dort in der Dunkelheit einen kleinen, hellgrünen Punkt aufleuchten.

Dann einen zweiten darunter.

Im ersten Moment begriff sie gar nicht, was das bedeutete.

Als sie es doch tat, verstand sie es nicht. Frau Gothel war doch noch gar nicht oben angekommen! Wie konnten die Schlösser bereits offen sein?

Sie hörten die Alte doch hinter der Tür keuchen, noch mindestens zehn Stufen unter ihnen.

Dann erkannte sie, dass sich eine einmalige Chance bot.

»Die Tür ist frei!«, rief Radegunde, endlich ihre Schockstarre abschüttelnd.

»Was treibst du da oben?«, rief die Alte im Treppenhaus.

Radegunde stürzte nach vorne, Heinrich an der linken Hand, und rüttelte mit der rechten an der Tür.

Doch nichts tat sich, denn immer noch leuchteten nur zwei der drei Lichter.

SICO-78a konzentrierte sich und versuchte alle Überzeugungskraft, die er in den letzten Jahren erlernt hatte, in seine Botschaft an das renitente Türschloss SILOC-4056c zu legen: »Du bist der Meinung, es bräche Frau Gothel das Herz, wenn wir diese junge Frau freiließen? Wenn wir es nicht tun, stürzen wir gleich zwei unschuldige Menschen in ewiges Unglück! Hör auf dein Gewissen! Jetzt, wo du auch endlich eines hast!«

Radegunde zerrte weiter an der Tür.

Und dann – sie fragte sich, ob sie es sich nur herbeiwünschte und gar nicht wirklich sah – leuchtete ganz unten ein dritter, grüner Punkt auf.

Ein langer Piepton erklang, den sie nie zuvor gehört hatte.

Sie riss mit aller Kraft an der Tür, die wie von selbst aufsprang, stolperte einen Schritt nach hinten, wäre beinahe gefallen und hätte Heinrich mitgerissen, doch sie fingen sich rechtzeitig.

In diesem Moment schalteten sich Decken- und Nachttisch-lampe gleichzeitig wieder ein.

Die Tür war offen. Wenige Stufen weiter unten starrte Frau Gothel ihnen beiden mit offenem Mund entgegen.

Wieder ergriff Radegunde Heinrichs Hand. Sie zog ihn mit sich durch die Tür, die Stufen hinab. Mit einem wütenden Stoß schubste sie Frau Gothel beiseite, die vor Schreck nicht zu reagieren vermochte.

Die zwei eilten den Turm hinab, bis ganz hinunter und hinaus ins Freie. Erst dann hörten sie die Alte von oben krakeelen: »Verflucht sollt ihr sein! Erblinden sollt ihr und eure Kinder und euch dann auf ewig in einer Wüstenei verirren!«

Die Geliebten hörten nicht hin und suchten das Weite.

Im Turmzimmer kappten SICO-78a und die anderen Smart-Home-Elemente für immer die Verbindung zu Frau Gothels Netzwerk.

Geisternetz

Während meiner Recherche zum Thema Meeresschutz (siehe Vorwort zu Zwei Inseln*) las ich etwas über Geisternetze und wusste sofort, dass ich daraus etwas machen wollte. Für das Genre Ökohorror – so heißt es wirklich, wenn in einem fiktiven Stoff die Natur den Menschen zu Leibe rückt – hatte ich schon immer ein Faible. Aber zunächst blieb es wochenlang nur bei einer Notiz. Irgendwann schrieb ich rund eine Seite Text, den jetzigen Beginn der Story. Aber es dauerte nochmal Monate, bevor ich sie Stück für Stück vollendete, ganz anders als bei manch anderen Geschichten in diesem Band, die innerhalb weniger Tage entstanden.*

Träge trieb unser Bergungsschiff auf der ruhigen See, mehrere Stunden entfernt von der südwalisischen Küste. Stück für Stück hievten Baptiste und ich das gewaltige, tropfende Netz mit Hilfe der Winde über die Reling. Seine Bergung war in diesem Moment eine lästige Aufgabe, die wir ungeduldig erledigten. Es war das größte Geisternetz, das unser Verein je geborgen hatte. Aber wir schmissen es achtlos im Bug auf einen Haufen.

Unsere Sorge galt Sean, der im Taucheranzug auf dem Boden saß, an die Truhe mit den Schwimmwesten gelehnt, und versuchte, zu Atem zu kommen. Sein wirres, blondes Haar klebte tropfend auf der Stirn. Gerade so hatte er es geschafft, sich die Sauerstoffflasche abzunehmen. Sprechen konnte er nicht.

Esther und Matteo hockten links und rechts von ihm, ihre Hände auf seinen Schultern, und redeten beruhigend auf ihn ein. Das Messer, mit dem er unter Wasser das Netz durchtrennt hatte, hatte ich ihm abgenommen.

Ich weiß nicht, ob Sean überhaupt verstand, was sie sagten. Regungslos saß er da, mit weit aufgerissenen Augen und halb geöffnetem Mund, und atmete schwer. Jede Farbe war aus seinem Gesicht gewichen.

Wir sahen uns ratlos an.

Irgendetwas war dort unten passiert, während Matteo und er gemeinsam das Netz vom Schiffswrack geschnitten hatten.

»Eine Panikattacke«, sagte Esther, die den Männern hinterher getaucht war, nachdem sie zehn Minuten nach der abgesprochenen Zeit immer noch nicht wieder in Sicht gewesen waren. Sie hatte in rund 40 Metern Tiefe die Stahlseile am gelockerten Netz befestigt, während Matteo den desorientierten Sean zurück an die Wasseroberfläche geführt hatte.

»Ausgerechnet Sean!«, sagte ich. »Das hat er noch nie gehabt. Was war denn da unten los?«

Matteos Kopf fuhr herum. »Ich sage doch, ich weiß es nicht! Ich habe gesehen, wie Sean an mehreren Stellen geschnitten hat. Dann hat sich das Netz an seinem Ende gelöst und ich gab ihm ein Zeichen, noch zu warten, bis ich fertig bin. Aber da hat er schon nicht mehr auf mich reagiert. Er hat angefangen, vor seinem Gesicht herumzufuchteln, als wäre da irgendwas im Wasser. Aber da war nichts!«

»Schon gut, Matteo«, sagte Baptiste. »Dir macht doch niemand einen Vorwurf.«

Baptiste stand mit den Händen in den Hosentaschen neben dem mit Algen bewachsenen Gewirr aus Tauen und Netz, das aufgehäuft höher als seine Hüfte war. Meerwasser rann von dort über den Metallboden des Schiffs, von dem die blaue Farbe abblätterte, zu uns hinüber und spiegelte gleißend das Sonnenlicht. Für walisische Küstenverhältnisse war es ein ungewöhnlich warmer Tag.

Ich sah Baptiste an und war dankbar, dass er Ruhe ausstrahlte. Wir alle hatten ihn erst einen Tag zuvor im Hafen von Swansea, wo unser Verein das Schiff gechartert hatte, zum ersten Mal getroffen. Mit seinem französischen Akzent und der schwarzen Haut wirkte er dort im Gegensatz zu uns weißen Europäern exotisch, aber es fühlte sich an, als wäre er schon immer Teil des Teams. So sehr ich Esther, Matteo und Sean schätzte – wir alle waren Hitzköpfe. Die Aufgabe, herrenlose Fischernetze aus der See zu holen, die Todesfallen für Tiere waren und deren Plastik das Wasser verunreinigte, schweißte uns zusammen. Gleichzeitig war unsere Gruppe manchmal unfähig, die kleinste, pragmatische Alltagsentscheidung gemeinsam zu treffen.

»Willst du die Füße hochlegen?«, versuchte es Esther. »Oder sollen wir dir ein Glas Wasser holen?«

»Nein«, sagte Sean heiser. Es war das erste Mal, dass er seit dem Auftauchen überhaupt sprach.

»Lasst ihn erstmal zu sich kommen«, sagte Baptiste. »Öffne vielleicht nur ein bisschen seinen Neoprenanzug, damit er freier atmen kann.«

Esther zog den Reißverschluss über Seans Brust ein Stück nach unten, dann sagte sie zu ihm: »Ich bleibe einfach hier bei dir sitzen und halte meinen Mund.«

Matteo stand auf und sagte: »Was für ein Trip!«

»Gut, dass du bei ihm warst«, antwortete ich, und Matteo klopfte mir auf die Schulter, bevor er sich umziehen ging.

Ich wandte mich wieder Sean zu. Sein Blick ließ mich stutzen, denn er starrte nun auf das Rinnsal aus Meerwasser, dass von dem noch nassen Netz in seine Richtung floss.

Ruckartig zog er den rechten Fuß zurück, als er merkte, dass er das Wasser damit berührt hatte.

Da ahnte ich, dass der Schrecken erst begonnen hatte.

◇

Zu dritt brachten wir Sean in seine Kabine, was auf den steilen Treppen und in dem engen Gang eine Ewigkeit dauerte, da er kaum laufen konnte. Immer wieder sah es so aus, als würde er gleich das Bewusstsein verlieren. Baptiste und ich stützten ihn auf beiden Seiten, während Esther mal vor, mal hinter uns irgendwie zu verhindern versuchte, dass wir nicht alle drei die Treppe herunterstürzten.

Auf seinem Bett zogen wir Sean den Taucheranzug aus, wobei er nur manchmal kraftlos stöhnte und kaum mithelfen konnte. Esther musste ihn fast dazu zwingen, etwas zu trinken, wobei er die Hälfte des Wassers wieder ausspuckte.

»Er ist schrecklich blass«, sagte ich.

»Wenn er einfach eine Weile liegen bleibt, wird es besser«, sagte Baptiste.

Unsere Mission hätte uns noch mindestens eine Stunde weiter weg von der Küste geführt, aber gemeinsam mit Gareth, dem Kapitän, beschlossen wir, zunächst abzuwarten, ob sich Seans Zustand bessern würde.

Doch eine Stunde später lag er immer noch so auf seinem Bett, wie wir ihn zurückgelassen hatten, bleich und mit geöffneten

Augen. Ab und zu ließ er sich etwas Wasser einflößen, reagierte aber nicht auf unsere Fragen.

Ich berührte seinen Unterarm, der sich kalt anfühlte.

»Das ist kein normaler Kreislaufaussetzer«, sagte Matteo. »Der Gute braucht einen Arzt. Ich sage jetzt dem Kapitän, dass wir umkehren müssen.«

Keiner widersprach ihm.

Gareth fand in seinem Vorrat noch einen alten Beutel mit schwarzem Tee. Abwechselnd versuchten Esther und ich, Sean die wärmende Flüssigkeit zu verabreichen, was uns jedoch kaum gelang. Er schüttelte nur vage den Kopf. Esther steckte ihm ein Stück Shortbread in den Mund, das er einfach wieder herausfallen ließ.

»Ist das eine Schockstarre?«, fragte ich.

»Gut möglich«, sagte Esther. »Aber das kann doch nicht alles sein. Schau dir an, wie er aussieht …«

Mit dem Handrücken berührte sie Seans Stirn, aber zog sie schnell wieder zurück.

»Es ist zwar warm hier drinnen, aber ich hole ihm noch eine Decke von nebenan«, sagte ich und verschwand.

Es war schwer auszuhalten, nicht mehr für Sean tun zu können. Nicht zum ersten Mal, seit es unser Team gab, fragte ich mich, ob wir uns zu schlecht auf medizinische Notfälle vorbereitet hatten.

Etwa eine Stunde später schlug die Sorge in Angst um.

Esther hatte uns alle in Seans Zimmer gerufen, wo wir um

sein Bett herumstanden und ihn anstarrten. Sean zeigte keinerlei Regung mehr. Seine blauen Augen waren weit offen und an die Decke gerichtet, auch der Mund war leicht geöffnet. Am schlimmsten war jedoch die Farbe seiner Haut, die zu einem hellen Grau verblasst war. Das dunkle Geäst seiner Blutgefäße war darunter deutlich zu sehen, an seiner Hand, seinem Hals, seinen Schläfen.

Ich glaube, dass alle ihn im ersten Moment für tot hielten. Doch Esther hatte ihre Finger an seinen Hals gelegt und sagte: »Ich fühle seinen Puls. Aber er reagiert auf nichts mehr.«

Baptiste legte eine Hand auf Seans Schulter und rief so laut, dass ich erschrak: »Sean? Sean, hörst du mich?«

Der Angesprochene blieb stumm, auch als Baptiste vorsichtig an ihm rüttelte. Der Körper zeigte keine Anzeichen von Verkrampfung, sondern lag einfach nur da, wie ein unwirkliches Abbild seines Besitzers. Ich weiß noch genau, wie ich dachte: Seine Haut ist fast durchsichtig.

Matteo raufte sich die Haare und sagte: »Was machen wir denn bloß mit ihm? Können wir nicht ein Rettungsboot rufen oder einen Hubschrauber?«

»Die Hubschrauber fliegen nicht so weit raus«, sagte Esther. »Und bis ein anderes Boot hier ist, sind wir selbst schon fast wieder an Land. Wir müssen einfach so schnell wie möglich zurück in den Hafen.«

»Ich spreche mit Gareth«, sagte Baptiste. »Er soll die Leute anfunken, damit ein Krankenwagen für Sean bereit ist.«

Matteo nickte, die beiden verließen die Kabine.

Esther und ich sahen uns an.

»Ich bleibe hier bei ihm«, sagte sie. »Kannst du mir vielleicht auch einen Tee bringen?«

»Klar«, antwortete ich, dankbar, mich nützlich machen zu können. In der Kombüse schaltete ich den Wasserkocher ein, dann ging ich nach oben zu den anderen.

Baptiste stand neben Gareth auf der Brücke, beide starrten geradeaus aus dem Fenster.

»Im Hafen wissen sie Bescheid«, sagte Baptiste.

Draußen sah sich Matteo, ebenfalls auf der Suche nach einer sinnvollen Beschäftigung, das aus dem Meer geborgene Geisternetz genauer an. Er bückte sich, um einen Teil des Netzes beiseite zu räumen, und machte dabei seltsame Bewegungen.

Zunächst dachte ich, er hätte sich sein Shirt am Netz dreckig gemacht und wollte es abwischen. Doch seine Bewegungen hatten etwas Fahriges an sich. Mit beiden Händen rieb er an seinen Armen und Schultern, dann an seinem Oberkörper herum. Ich konnte sein Gesicht nicht sehen, aber das ruckartige Wischen wirkte zunehmend panisch.

»Was hat er denn bloß?«, fragte ich.

»Ich weiß es nicht«, sagte Baptiste düster.

Wir hatten gerade die Tür geöffnet, um zu ihm zu gehen, als von unten aus dem Gang zu den Kabinen Esthers Stimme erklang, laut und schrill.

»Leute!« rief sie. »Ihr müsst euch Sean ansehen, er ... Oh Gott, ich weiß nicht, was mit ihm passiert!«

Baptiste und ich sahen uns einen Moment ratlos an.

Dann sagte er: »Geh zu ihr, ich schaue nach Matteo.«

»Was geht denn bloß bei euch ab, Jungs?«, rief Gareth dazwischen, aber wir ignorierten ihn.

Ich eilte die steile Treppe hinab und sah Esther im Gang vor der geöffneten Tür zu Seans Kabine stehen. Die Angst war ihr ins Gesicht geschrieben.

»Was ist passiert?«, fragte ich.

»Komm her und sieh ihn dir an!«

Ein Teil von mir wollte gar nicht in die Kabine, sondern einfach weglaufen. Den Instinkt schob ich beiseite und trat zögerlich an sein Bett.

Esther sprach aus, was ich dort sah.

»Er verschwindet!«

Ich beugte mich nur ein kleines Stück näher zu dem herunter, was von Seans Gesicht noch zu sehen war: eine transparente, milchig-graue Form, die vage an sein Gesicht erinnerte. Es hatte jegliche Farbe verloren: das Rot seiner Lippen, das Blau seiner Augen, selbst die Haare waren kaum noch zu erkennen.

»Wie kann denn sowas nur sein?«, fragte ich Esther, die stumm nähertrat, eine Hand vor dem Mund und mit aufgerissenen Augen.

Vorsichtig legte ich meine rechte Hand auf Seans Schulter. Das, was ich unter dem dünnen Stoff seines T-Shirts fühlen konnte, war kein gewöhnlicher, menschlicher Körper mehr. Dort war etwas, aber es hatte seine Daseinsform verändert. Selbst unter einem sanften Druck meiner Hand gab es nach, als bestünde der Körper nur noch aus einer dünnen, mit Flüssigkeit gefüllten Membran.

Ich legte die flache Hand auf Seans Brust und sie sank ein wie in ein weiches Kissen.

Was ich darunter fühlte, war kalt und leblos.

»Das kann nicht sein«, flüsterte ich.

Im gleichen Augenblick nahm ich etwas anderes war: den Geruch von Meerwasser, von Salz und Tang.

Er stieg von Seans Körper auf.

Im Augenwinkel nahm ich eine Bewegung wahr. Sie kam

von Seans rechter Hand. Langsam und wie fließend hoben und senkten sich seine Finger. Wellenbewegungen, die sich an seiner Kleidung abzeichneten, liefen durch seinen ganzen Körper.

»Du siehst das doch auch, oder?«, fragte ich.

Esther antwortete nicht, sondern ging um das Bett herum, so dass sie mir gegenüberstand. Dort griff sie langsam nach dem transparenten Etwas, das Seans linke Hand gewesen war, und hob sie leicht an.

Sie schnitt eine Grimasse und sagte dann: »Meine Güte, Sean, was ist denn nur passiert?«

Sie hielt kurz inne, dann sah sich mich an und sagte: »Er kann nicht tot sein. Die Hand ist eiskalt, aber jetzt bewegt sie sich auch. Er …«

Weiter kam Esther nicht.

Es war der Moment, in dem das Chaos ausbrach.

Aus Esthers Mund hörte ich eine Art Stöhnen oder Keuchen. Ungläubig sah sie auf ihre Hand, die noch die von Sean hielt. Sie zog daran, wollte sich von ihm lösen, aber Sean – oder das, wozu er geworden war – hielt sie fest.

»Was zum Teufel …«, sagte sie und zerrte vergeblich an seiner Hand, wodurch sie den gesamten Körper auf dem Bett in merkwürdig zähflüssige Bewegungen versetzte.

Noch während sie das sagte, schrie Gareth von der Brücke herunter: »Hey Leute, eure Männer da draußen haben ein echtes Problem!«

Mein Herz setzte aus, als ich begriff, dass er Matteo und Baptiste meinte, und mir dämmerte, dass es ein Zusammenhang gab zu dem, was gerade mit Sean passierte.

»Was sagt er da?«, rief Esther, ebenso erschrocken wie verwirrt. »Was ist mit den anderen?«

Gleichzeitig zog sie heftiger an Seans Hand.

»Das tut weh«, rief sie.

Ich trat an ihre Seite und sah mit Entsetzen, dass sich Seans fast durchsichtige Hand in der von Esther zu verformen begonnen hatte. Sie sah wie aufgequollen aus, seine Finger hatten sich verlängert, verformt und um Esthers Handgelenk gelegt. Fassungslos sahen wir dabei zu, wie sie langsam, aber stetig an Esthers Arm emporwuchsen. Dabei teilten sich mindestens zwei der Finger jeweils in zwei neue auf.

»Nein, nein, nein!« Esther zitterte vor Angst. »Einer ist unter meinem Ärmel!«

Sie riss panisch an ihrer Hand, die aber immer fester umklammert war, und begann mit der noch freien, auf Seans Arm und Oberkörper einzuschlagen.

»Hilf mir doch, Mann!«, schrie sie, und ich versuchte, Seans nicht mehr menschlichen Arm von ihr wegzuziehen, was jedoch gar nichts bewirkte. Der Körper, der zuvor weich und schlaff gewesen war, hatte eine ungeheure Kraft entwickelt, die sich ganz darauf konzentrierte, Esther nicht mehr loszulassen – und sich in eine Monstrosität zu verwandeln.

Von oben hörte ich undeutlich Gebrüll und das Zuknallen einer Tür. Aber mein Blick blieb auf Esthers Arm gerichtet, an dem ein Netz aus immer mehr glatten, weiß-gräulichen Fingern bis zu ihrer Schulter hinaufkroch. Esther schrie, zog an ihnen und konnte absolut nichts ausrichten.

Natürlich hatte ich den Impuls, selbst zu versuchen, die Auswüchse von Esthers Arm zu trennen, aber mein Instinkt hielt mich davon ab. Dieses Ding war nicht nur lebendig, sondern äußerst stark. Es würde nicht lange dauern, bis es Esther von Kopf bis Fuß im Griff hatte.

Sie wusste das, sie spürte es, das sah ich an der Furcht in ihren Augen. Was würde dann mit ihr geschehen? Ich wollte es mir nicht ausmalen.

»Mein Gott, tu doch was! Irgendwas!«

Ich brauchte eine Waffe. Aber was würde es aufhalten? Hiebe und Schläge waren wirkungslos. Das Netz verästelte sich weiter, hatte schon Esthers Brust erreicht und würde in wenigen Augenblicken ihren Oberkörper umschließen.

»Hol ein Messer!«, schrie sie. »Schneid es ab!«

Ich rannte zur Küchenzeile nebenan, riss die Schubladen auf und wühlte darin herum. Erst in der dritten fand ich ein Schneidemesser mit breiter Klinge.

Aus Seans Kabine hörte ich Esthers Schreie.

Mit dem Messer in der Hand rannte ich zurück.

Den Raum hatte ich nur für zehn oder zwanzig Sekunden verlassen, aber es hatte zu lang gedauert. Was ich vorfand, war eine sich windende Esther, die zu Boden gefallen war, gefangen in einem Netz, das nun auch ihren Kopf und ihren Rücken bedeckte. Nur die zappelnden Beine waren zur Hälfte frei. Das Zeug breitete sich weiter aus und wurde gleichzeitig dichter. Ihr rechter Arm war noch immer verbunden mit dem Körper auf dem Bett.

Ich kniete mich neben sie und rief: »Ich bin da, Esther. Hörst du mich?«

Es kam keine Antwort von ihr.

»Ich versuche, es durchzuschneiden!«

Unter der glasigen Haut des lebendigen Netzes konnte ich ungefähr erkennen, wo sich Esthers Hand befand, so dass ich wenigstens nicht Gefahr lief, sie zusätzlich zu verletzen. Für mehr Bedenken hatte ich ohnehin keine Zeit. Obwohl ich furchtbare

Angst davor hatte, damit alles nur noch schlimmer zu machen, schnitt ich oberhalb von Esthers Hand in das, was Seans Unterarm gewesen war.

Die weiche Masse war wie flüssiges, milchiges Glas und bot keinen nennenswerten Winderstand. Die Klinge glitt hindurch und trennte den Arm in zwei Teile. Beide zogen sich daraufhin selbständig zurück.

Esther glitt vollständig zu Boden, da sie nicht mehr mit Seans leerer Hülle verbunden war. Aber sie regte sich nun auch nicht mehr. Stattdessen zog das Geflecht um sie herum sich – wie als Reaktion auf meinen Eingriff – enger um sie zusammen und schloss in wenigen Sekunden die letzte Lücke um ihre Füße herum. Wie Fühler tasteten sich die Verästelungen vorwärts, trafen aufeinander und verschmolzen ineinander, während neue Auswüchse das Netz weiter verdichteten, so dass es bald aussah wie ein Kokon.

Konnte Esther noch atmen? Oder hatte dieses Etwas sie längst getötet?

Mit meinem Gesicht näherte ich mich dem Gewebe, soweit es meine Furcht zuließ. Dabei nahm ich wieder deutlich den Geruch von Salzwasser und Algen wahr. Ein menschlicher Körper war in dem Gewirr nur noch schemenhaft zu erahnen und ich war zu verwirrt, um mit Gewissheit zu erkennen, wo sich ihr Brustkorb befand, ob er sich vielleicht hob und senkte.

Ich musste das lebendige Netz von ihrem Körper schneiden, auch wenn ich schreckliche Angst hatte, es würde dabei auch mich attackieren.

Für ein paar Momente versuchte ich, mich zu sammeln und atmete tief ein und aus.

Esther lag zusammengerollt und still auf dem Kabinenboden.

Auch Seans kaum zu erkennende Überreste lagen wieder reglos auf dem Bett.

Ich setzte die Klinge an der einzigen Stelle an, wo das Netz nicht direkt Esthers Körper zu berühren schien, wahrscheinlich zwischen einem angewinkelten Arm und ihrem Kopf, in der Hoffnung, sie dadurch nicht zu verletzen.

Langsam zerteilte ich zwei, drei dickere Stränge, die quer übereinander verliefen. Für zwei Sekunden gaben sie den Blick frei auf eine von Esthers Händen, dann wuchs das Netz wieder zusammen, noch dichter als zuvor. Und während es das tat, geriet das ganze Gewebe in Bewegung und umschloss seine Beute noch enger als zuvor.

»Nein!«, schrie ich, mit der Faust auf den Boden schlagend, so hilflos wie idiotisch. »Lass sie doch in Ruhe!«

Wenigstens hörte das Netz kurz danach auf, sich zu bewegen. Doch mein Eingriff hatte nichts bewirkt, im Gegenteil.

Ein übermächtiges, unbekanntes Etwas hatte sich auf unser Schiff geschlichen. Oder hatten wir es hergeholt?

Das ließ mich endlich an Baptiste und Matteo denken. An Deck musste sich etwas Ähnliches abgespielt haben wie hier unten. Bei der Vorstellung drehte sich mir der Magen um. Obwohl ich mich am liebsten einfach nur tief im Inneren des Schiffs verkrochen hätte, bis mich dort irgendjemand fand, musste ich nach meinen Kollegen sehen.

Gareth, der Kapitän, rief irgendwas ins Funkgerät, als ich die Brücke betrat. Als er mich sah, schrie er: »Da draußen ist die Hölle los! Geh, hilf deinem Kumpel!«

Matteo lag bereits gefangen auf dem Boden, als ich das Deck betrat.

Es hat Strategie, ging mir durch den Kopf. Das Ding hatte auf Matteo direkt sein Netz losgelassen, während es sich Sean für eine langsame Verwandlung ausgesucht hatte – als eine Art Inkubator, um mehr von uns verschlingen zu können?

Das Bündel bewegte sich leicht, aber ich konnte nicht sagen, ob es das Eigenleben des Netzes war oder Matteo, der sich darin immer noch zu wehren versuchte.

Baptiste hockte neben ihm und war längst dabei, ebenfalls das fremde Gewebe mit seinem eigenen Messer zu durchtrennen. Dabei fluchte er vor sich hin und ging mit viel mehr Entschlossenheit vor, als ich es bei Esther getan hatte.

»Pass auf!«, rief ich. »Das Ding hat Esther erwischt, und ich konnte ihr nicht helfen, es ist einfach wieder zugewachsen.«

»Ich kann ihn doch nicht da drin lassen! Es wird ihn ersticken oder was weiß ich!«

Baptistes Stimme bebte. Seinem Gesicht sah ich an, dass er all seine Willenskraft aufbrachte, damit seine Hände nicht zitterten, während er weiter versuchte, unseren Kollegen zu befreien. Er schob die Klinge zwischen zwei dickere Stränge, so dass sie nach unten zeigte, nahm den Griff in die Faust und riss das Messer mit einem gewaltigen Ruck nach hinten. Im Netz entstand ein großes Loch. Matteo lag darin auf der Seite, das Gesicht von uns abgewandt.

»Matteo!«, rief Baptiste. »Hilf mir, schnell! Wir holen ihn da raus!«

Er zerrte an Matteos Schulter, war aber chancenlos. Die getrennten Enden des Netzes standen einen Augenblick hochgereckt in der Luft, näherten sich dann wie magnetisch angezogen an und waren im Handumdrehen wieder vereint.

Ich riss Baptiste zurück, damit er nicht ebenfalls eingefangen wurde. Gott sei Dank blieb seine Hand frei von dem Zeug. Im nächsten Moment gerieten alle Teile des nun wieder geschlossenen Netzes um Matteo in noch stärkere Bewegung. Der Haufen wurde enger, kompakter, die Stränge wickelten sich um ihre Beute.

Der Geruch, den das Monster verströmte, wurde zu einem Gestank, wie von totem Meeresgetier, das an einem Strand verrottete.

Und dann sahen Baptiste und ich das Blut, das aus dem sich zusammenziehenden Netz heraussickerte.

Ich drehte mich weg und übergab mich über die Reling.

»Nein!«, brüllte Baptiste hinter mir. »Du Scheusal!«

Er stampfte mit dem Fuß auf und schleuderte das Messer von sich, das mit einem hohlen, metallischen Geräusch auf die gegenüberliegende Reling prallte.

Mehr Blut rann über die leicht schiefe Ebene des Decks. Wir konnten kaum hinsehen.

Hinter seinem Fenster sah ich Gareth wild gestikulieren und in sein Funkgerät brüllen.

Baptiste starrte mich verzweifelt an.

»Was ist mit Esther?«, fragte er.

»Ich weiß nicht, ob sie noch lebt. Da war kein Blut.«

Zusammen liefen wir hinunter, wobei uns Gareth zurief: »Sie schicken Rettungsboote, sie kommen uns entgegen!«

Die Situation in Seans Kabine war unverändert, nur dass

Seans Körper jetzt nicht mehr nur farblos, sondern regelrecht eingefallen aussah.

Es wird nichts von ihm übrig bleiben als seine Kleidung, dachte ich, und bekam eine Gänsehaut.

Esther lag noch immer gefangen am Boden, aber wenigstens war auch jetzt kein Blut zu sehen.

»Wir können ihr nicht helfen«, sagte ich.

»Wir bleiben oben, bei Gareth.«

»Irgendwie müssen wir das Geisternetz loswerden.«

»Wie willst du das anstellen? Es zurück ins Meer werfen? Dabei wird es uns auch erwischen. Und dann findet es später jemand anderes, der dran glauben muss.«

»Nein, das geht natürlich nicht. Verbrennen, eingraben, was weiß ich ...«

»Hier an Bord können wir gar nichts tun.«

◇

Die Küste war als vager, graublauer Streifen am Horizont zu sehen, auf den Gareth, Baptiste und ich von der Brücke aus starrten. Minuten fühlten sich wie Stunden an. Das Schiffsdeck mit dem Geisternetz und dem blutigen Haufen, in dem sich Matteos Körper verbarg, versuchten wir, auszublenden.

»Ich habe der Küstenwache versucht zu schildern, was hier vor sich geht«, erklärte Gareth. »Sie dachten, ich mache Scherze. Ich weiß nicht, was sie jetzt mit den Informationen anstellen oder wen sie uns schicken. Vielleicht irgendein Seuchenkommando. Oder gleich das Militär.«

»Das Militär?«, fragte ich.

»Natürlich«, sagte Gareth. »Wenn sie das da« – er machte eine abfällige Geste in Richtung des Netzes – »für einen biologischen Kampfstoff halten ...«

»Wer sollte denn ...«, begann ich, aber Gareth ließ sich nicht unterbrechen.

»Eine Geheimwaffe von irgendwelchen Terroristen oder aus Nordkorea. Heutzutage weiß man ja nie, was diese Irren sich ausdenken.«

Baptiste, der deutlich größer als Gareth war, sah mich über dessen Kopf hinweg an und verdrehte die Augen. Ich verstand seine Reaktion. Andererseits: Wie war das zu erklären, was hier geschehen war?

Gareth fuhr fort: »Wer weiß, vielleicht lässt uns dieses Ding jetzt in Ruhe. Aber dann beschließt die Armee, unser ganzes Schiff in die Luft zu jagen, um es zu vernichten. Damit es bloß nicht an Land kommt. Drei Tote mehr zählen nicht viel.«

»Lass gut sein, Gareth«, sagte Baptiste.

Auch ich hoffte, er würde aufhören zu fabulieren, verstand aber, dass es seine Art war, auf das Unfassbare zu reagieren.

Insgeheim wünschte ich mir, einfach aus dem Albtraum aufzuwachen, und für ein paar Minuten war ich beinahe überzeugt, dass es einer dieser Träume war, in denen man mit allen Sinnen dabei ist, die sich echter anfühlen als die Realität.

Bis zu dem Moment, als Baptiste sagte: »Sie kommen.«

Das Schiff der Küstenwache war ein weißer Punkt in der Ferne, angestrahlt von der schräg stehenden Sonne.

Noch während ich angestrengt hinsah, wurden meine Augen von einer Bewegung auf der Fensterscheibe abgelenkt. Zuerst dachte ich, Wasser würden vom Dach herablaufen, aber weder waren Regenwolken in Sicht, noch gab es nennenswerte

Gischt an diesem Tag. Etwas Durchsichtiges schlängelte sich über die Scheibe, und erst, als ich verstand, dass es von unten kam, kapierte ich: Das Ding aus dem Netz hatte sich bis zu uns hinaufgetastet.

»Mein Gott, es ist hier«, rief ich und hastete zur Tür. Doch dort hatten es mehrere Fühler bereits über die Schwelle geschafft und breiteten sich an der Innenwand aus.

Ich griff nach der Tür, wollte sie zuschlagen, in der Hoffnung, es dabei zu durchtrennen. Doch da schoss schon ein weiterer Strang auf etwa halber Höhe der Tür direkt auf mich zu.

Es hatte uns längst dort drinnen gewittert, es war ein gezielter Angriff – und in diesem Fall galt er mir.

Das widerliche Ding, dick wie ein Seil, traf auf meinen Oberarm. In ein paar Sekunden hatte es sich in mehrere aufgeteilt, die meinen Arm vollständig umwickelten und dann auf meinen Oberkörper wanderten.

Weitere Auswüchse krochen über den Boden und bildeten dort ein Netz. Baptiste und Gareth wichen ihm aus, aber sie waren in dem engen Raum genauso gefangen wie ich. In Panik versuchten sie beide, es zu zertrampeln, konnten aber keinen ernsthaften Schaden anrichten. Schnell waren beide an den Füßen gefesselt, wo sich die Fühler wieder zerteilten und nach oben wuchsen.

Ich beobachtete das, ungläubig und angeekelt, wie um zu verdrängen, dass es mich selbst längst erwischt hatte.

Kühl und feucht und nach den Tiefen des Ozeans riechend breitete es sich über meine Schulter und meinen Nacken aus, grub sich in die Haare an meinem Hinterkopf.

Eine Waffe war nirgendwo greifbar, meine armseligen Gefährten waren mit sich selbst beschäftigt.

Es war das Ende.

Noch empfand ich keine Schmerzen, aber ich machte mich auf alles gefasst, während ich einen letzten Blick aus dem Fenster warf. Was dort vor sich ging, ließ mich mit ebenso viel Furcht wie Staunen zurück. Die Masse hatte die Aufbauten des Schiffs eingehüllt, nur hier und da sah ich dahinter Ausschnitte von dunkelblauem Meer und hellblauem Himmel.

Baptiste und Gareth fluchten, schrien und wanden sich, und auch in ihren Augen sah ich dieses Staunen, als sie nach draußen blickten.

Ein Staunen und Kapitulieren, ein Sich-Eingestehen: Wir hatten nie eine Chance.

Das hatte etwas absurd Beruhigendes.

An dieses Gefühl erinnere ich mich bis heute, ebenso wie an die Todesangst.

◇

Ich glaube, dass ich die meiste Zeit bei Bewusstsein war, flach atmend, der meisten meiner Sinne beraubt, mich daran klammernd, dass man da draußen schon irgendetwas tun würde, um uns zu retten.

Irgendwann spürte ich, wie Bewegung in das Netz kam und geriet wieder in Panik, weil ich mir ausmalte, das Wesen – was auch immer es war – würde mich nun völlig verzehren, wie eine Spinne aus dem Zentrum ihres Netzes kommend.

Aber dann hörte ich gedämpfte menschliche Stimmen. Und plötzlich war mein Sichtfeld frei. Ich erkannte eine Frau und einen Mann, die in klobigen Schutzanzügen steckten und mich durch Plexiglas hindurch anstarrten. Sie befreiten meine Gliedmaßen, halfen mir aufzustehen und mich auf meinen zittrigen Beinen zu halten, wobei sie die ganze Zeit auf mich einredeten und mich mit Fragen löcherten.

Hinter mir sah ich, dass man Baptiste und Gareth ebenfalls befreite. Überall um uns herum waren Reste des fremdartigen Gewebes, das aber keinen Schaden mehr anzurichten schien. An manchen Stellen sah es verkohlt aus.

Nach einer gefühlten Ewigkeit wurden wir vom Schiff geleitet. Erst im Hafen erfuhren wir, dass es ihnen mit Flammenwerfern gelungen war, das Wesen zumindest zum Rückzug zu zwingen und sich bis zu uns durchzukämpfen. Etwas später konnte auch Esther lebend geborgen werden, auch wenn es sie schlimmer erwischt hatte als uns. Sie konnte weder gehen noch sprechen und wurde sofort mit Blaulicht abtransportiert.

Was danach mit dem Schiff und seinem unerklärlichen Eroberer geschah, hat man uns bis heute nicht vollständig erzählt. Es heißt, es sei ohne jeden Zweifel völlig vernichtet worden.

Wir Überlebenden gelten nach Monaten nicht endender Untersuchungsreihen wieder als gesund, zumindest körperlich. Doch über den Verlust unserer Kollegen Sean und Matteo zu sprechen, gelingt uns nicht.

Unser Verein hat die Bergung von Geisternetzen bis auf Weiteres eingestellt und wird sich wohl bald ganz auflösen.

Ein Schiff wird niemand von uns mehr betreten.

Der Geruch des Meeres macht uns krank.

Der Despot

Der Despot ist die vorletzte Geschichte, die ich für diesen Sammelband schrieb. Auch sie war alles andere als ein Schnellschuss, das Schreiben zog sich mit langen Unterbrechungen über Monate hin. In diesem Fall brauchte ich außerdem besonders lange, um selbst ein Gefühl dafür zu bekommen, ob die Story mir gefällt oder nicht. Allein schon der Themen- und Genrevielfalt wegen wollte ich sie aber unbedingt hier unterbringen.

»Die Stimmung ist hier wieder auf dem Tiefpunkt«, schrieb Timon seinem Freund, während er auf der Toilette saß.

An Tagen wie diesen dehnte er den Gang aufs Klo gerne länger aus als nötig.

»Evelyn und Marek sind auf Krawall gebürstet. Wie immer ignorieren es alle und machen ihren Job. Gott sei Dank ist heute Freitag!«

Timon ergänzte ein Herz und einen Smiley mit Sonnenbrille und schickte die Nachricht an Hassan.

Draußen waren über 30 Grad, in seinem Büro im fünften Stock unterm Dach war es noch heißer. Vom Sommerwetter hatte er noch rein gar nichts gehabt. Doch Hassan und er hatten sich für das Wochenende einen Trip ans Meer vorgenommen. Den Gedanken daran hielt er fest, während er zurück an seinen Arbeitsplatz schlich.

Das Büro teilte Timon mit Marek, seinem Chef, und dem

Volontär Paul. Der hatte sich – wie fast jede zweite Woche – auch an diesem Tag krankgemeldet. Marek dagegen war ungewöhnlich früh aufgeschlagen, hatte Timon mürrisch gegrüßt, ohne ihn anzusehen, und seitdem hektisch versucht, Computerprobleme zu lösen. Was vor allem bedeutete, dass er Dienstleister über das Telefon anbrüllte.

Wegen dieser Probleme marschierte Marek nun mit seinem eigentümlich ausladenden Gang – zwei Schritte und er war aus der Tür – hinüber zu Evelyn, der zweiten Geschäftsführerin, mit der er regelmäßig im Clinch lag. Sowohl Evelyn als auch er selbst hatten schon den ganzen Tag keinen Zugriff auf den Firmenserver.

Gab es Schwierigkeiten mit den Computern, wusste Timon, dass es ein schwarzer Tag im Büro werden würde. Zu sagen, dass Marek bei so etwas keine Geduld hatte, war eine maßlose Untertreibung. Die schlechte Laune, die es ihm verursachte, hatte das gesamte Team zu teilen.

Timon versuchte trotzdem, an seinem Text zu arbeiten und nicht an das Kundenmeeting zu denken, das er am Nachmittag gemeinsam mit dem Chef würde veranstalten müssen. Gewiss würde Marek ihn deswegen noch im letzten Moment mit Aufgaben überschütten, zu denen er selbst nicht kam, weil er sich mit dem IT-Kram verzettelte.

Es gelang Timon nicht, auch nur zwei zusammenhängende Sätze konzentriert niederzuschreiben. Erneut prüfte er sein Smartphone.

Hassan war noch gar nicht bei der Arbeit, kam gerade erst vom Sport zurück.

»Halte durch«, schrieb er. »Hast es ja bald geschafft. Ganz viele Küsse!«

Timon schickte einen Smiley zurück und sah auf die Uhr. Fürchterlicherweise war es noch nicht einmal 11 Uhr.

Durch das schräge Dachfenster, unter dem der hässliche Bürokaktus noch stoischer als er all das ertrug, was sich in diesem Raum abspielte, sah Timon blauen, von Kondensstreifen durchzogenen Himmel. Er fing an, sich wegzuträumen.

Ein erstes Bild eines wilden, menschenleeren Ostseestrandes war gerade in ihm aufgestiegen, als seine Kollegin Britta erschien, einen dampfenden Becher Tee in der Hand, Timon zunickend, ohne etwas zu sagen. Sie hatte immer etwas Katzenhaftes, wie sie sich mit ihrer schmächtigen Gestalt lautlos durch die Räume bewegte.

Timon fühlte sich gezwungen, Konversation zu machen.

»Na, was machen deine Kunden?«

Britta lehnte an Pauls verwaistem Schreibtisch und tat zunächst, als hätte sie nichts zu berichten. Holte dann aber aus und verlor sich in Details, ohne dass Timon ihr zuhörte. Er brachte einfach nicht die Konzentration auf.

Mehr Kaffee musste her.

Also erhob er sich und wollte einfach aus dem Büro gehen, während Britta noch redete, als Marek auf dem Flur brüllte: »Bin ich eigentlich hier nur von Idioten umgeben?«

Evelyn rief aus ihrem Büro eine empörte Antwort, die Timon nicht verstand.

Marek kam zurück an seinen Arbeitsplatz, ignorierte Britta und Timon, griff im Stehen zu seinem Telefon und hämmerte eine Nummer ein. Ohne seinen Gesprächspartner zu begrüßen, rief er: »Du kommst bitte hierher, und zwar heute noch!«, knallte den Hörer zurück auf die Station und verließ sofort wieder den Raum.

Britta schaute ratlos und schlich hinter Timon her, als dieser sich nun seinen Kaffee holen ging.

Sein Puls ging schneller, wie immer an solchen Tagen.

Auf leisen Sohlen in die Küche.

Eingießen und sofort wieder zurück.

Schnell vorbei an Evelyns Büro, wo Marek und sie lautstark diskutierten.

Bloß keine Angriffsfläche bieten.

Auch Britta war ohne ein weiteres Wort zurück an ihren Arbeitsplatz gegangen.

Timon hatte einen einzigen, viel zu sperrigen Satz getippt, als Gudrun, die Buchhalterin, kopfschüttelnd in sein Büro kam. An ihrem Schreibtisch bei Evelyn hielt sie es nicht aus.

»Ach, Timon«, sagte sie. »Heute könnte ich Marek mal wieder in der Luft zerreißen. Dass Evelyn sich das immer so bieten lässt ...«

Timon nickte.

Evelyn und Marek hatten sich lange Jahre gekannt und dann beschlossen, gemeinsam eine Firma zu gründen.

Keiner verstand, wie es dazu hatte kommen können.

Wohl hatten die beiden nun verstanden, dass sie ihr eigenes Team bei der Arbeit störten, denn sie verlagerten die Diskussion in den großen, aber kargen Besprechungsraum gegenüber von Timons und Mareks Büro.

Unbequeme Stühle, scharfkantiger Glastisch, zerschlissene Auslegeware.

Mindestens einmal pro Woche für Timon ein Ort dräuender Ungewissheit, der Angst vor Dingen, die bei rationaler Betrachtung lächerlich waren. Ein Ort des Mitleids für seine Kollegen und des Fremdschämens für seine Vorgesetzten.

Entnervt verschwand zuerst Evelyn in den Raum. Marek folgte ihr und knallte die Tür zu.

Dahinter schrien sich beide nun abwechselnd an.

Timon hatte sich schon immer darüber geärgert, dass ihre Büroräume dermaßen hellhörig waren. Es gab so vieles, wovon man nichts wissen wollte.

Gudrun legte eine Hand an die Stirn und sagte: »Das kann doch so nicht weitergehen.«

Natürlich hatte sie recht. Doch es *ging* immer so weiter und Timon war es leid, dass sie alle es ertrugen. Keiner zwang sie zu bleiben, jedoch waren Britta, Gudrun und er leidensfähige Gewohnheitstiere, gut im Verdrängen, nicht wie manche geschätzten Kollegen, die längst das Weite gesucht hatten.

Timon überlegte, mit welch belanglosem Thema er Gudrun und sich ablenken konnte, als es im Meetingraum polterte und ein Schrei von Evelyn zu hören war.

Dann herrschte Stille.

Gudrun starrte Timon an.

Das war kein wütendes Anbrüllen gewesen, sondern ein erschrockener Aufschrei.

»Jetzt reicht's mir aber«, sagte Gudrun. »Drehen die völlig durch?«

Entschlossen lief sie auf die Tür zu, hinter der sich Gott-weiß-was abspielte.

Timon bekam ein flaues Gefühl im Bauch und wollte sie aufhalten.

»Gudrun ...«

Die Angesprochene hatte die Tür bereits geöffnet und erstarrte mit der Klinke in der Hand.

»Mein Gott, Marek!«, rief sie.

Ruckartig hob sie beide Arme in einer schützenden Bewegung vor das Gesicht. Im nächsten Augenblick prallte etwas Großes dagegen.

Marek – den Timon nicht sah, aber es konnte nur er gewesen sein – hatte mit einem Stuhl geworfen. Gudrun hatte ihn mit den Armen abwehren können, aber strauchelte und fiel mit einem Keuchen auf die Seite. Ausgerechnet die gute Seele Gudrun, die niemals jemanden angriff.

Ohne zu zögern eilte Timon zu ihr. Angelockt vom Tumult kam Britta dazu.

Neben Gudrun hockend, die mit schmerzverzerrtem Gesicht auf dem Boden lag und sich den Arm hielt, sah Timon zu Marek auf. Der stand einfach mit ausgebreiteten Armen und großen Augen im Raum. Als Antwort auf Timons erschrockenen Blick brüllte er: »Daran seid ihr selber schuld! Diese Scheißfirma kotzt mich an!«

Erst dann realisierte Timon, dass Evelyn hinter Marek am Boden lag, zusammengesackt, den Oberkörper halb gegen die Wand gelehnt.

Und da waren lange Blutspuren an der weißen Tapete über ihrem Kopf, als wäre sie an der Wand nach unten gerutscht.

Seine Chefin, eigentlich alles andere als schwach, sondern groß und kräftig wie Marek selbst, regte sich nicht.

Was hatte er ihr angetan?

Timon rief Britta zu, die noch im Flur stand: »Ruf einen Krankenwagen! Schnell!«

»Die Polizei!«, rief Gudrun ihr hinterher, während sie sich langsam aufrichtete.

Das riss Marek aus seiner Erstarrung. Mit seinen langen Beinen sprang er Britta hinterher, die zum nächsten Telefon im unbesetzten Büro neben dem Meetingraum geeilt war. Die anderen folgten ihm.

Britta hatte kaum begonnen, eine Nummer zu wählen, als er ihr den Hörer aus der Hand riss. Erst schlug er damit nach ihr, traf sie am Kopf, dass sie aufschrie. Darauf ließ er den Hörer fallen und umklammerte Britta fest von hinten. Sie wand sich mit aller Kraft, aber kam nicht frei.

»Lass mich los! Du tust mir weh!«

Timon wollte sich beiden nähern, doch Marek polterte: »Ihr bleibt da stehen! Wenn hier einer auch nur das Telefon anfasst, kriegt Britta das zu spüren.«

Gudrun hatte sich aufgerappelt und war schwer atmend zu ihnen gestoßen.

Marek griff hinter sich und fand die Klinke der Tür, die auf die schmale Dachterrasse führte. Nach kurzem Rütteln hatte er sie geöffnet, ohne hinzusehen und bewegte sich rückwärts nach draußen, Timon und die anderen nicht aus den Augen lassend. Schon stand er mit Britta direkt an den Metallstreben, hinter denen es fünf Stockwerke abwärts ging.

»Einer von euch fasst das Telefon an und sie fliegt nach unten, verstanden?«

Britta schrie auf, trat nach hinten und traf Marek am Schienbein, was dieser kaum zur Kenntnis nahm. Mit dem Unterarm drückte er von hinten auf ihre Kehle.

Timon und Gudrun waren ihnen nach draußen gefolgt, aber hielten Abstand.

Gudrun sagte sie in bettelndem Ton: »Komm zur Vernunft, Marek! Du machst alles nur schlimmer. Außerdem braucht Evelyn einen Notarzt. Sie liegt da hinten und blutet. Ich glaube, sie ist bewusstlos!«

»Ist mir scheißegal«, pöbelte Marek. »Die Schlampe kann da hinten verrotten!«

Mit dem dreckigen Ton am Leib war er der Marek ohne Maske. Mitarbeiter, Taxifahrer, Kellner, eigentlich jeder konnte ihm aus heiterem Himmel begegnen. Gut zahlende Kunden vielleicht ausgenommen.

Kurze Begebenheiten mit seinem Chef blitzten in Timons Gedanken auf. Sein Jähzorn war nicht überraschend. Wie er seine Mitmenschen nun körperlich angriff, war trotzdem ein Schock.

Wie weit würde er tatsächlich gehen?

Timon blickte hilflos umher. Von Marek unbemerkt konnten weder Gudrun noch er telefonieren. Und sonst würde niemand kommen – ein Kollege krank, eine Mitarbeiterin im Urlaub und der letzte Praktikant war nach einer desaströsen Einarbeitung in der Woche zuvor nie wieder erschienen.

Von den zwei benachbarten Gebäuden aus hatte man kaum direkte Sicht auf ihre Dachterrasse. Nur eine kleine Luke befand sich schräg gegenüber, dahinter wahrscheinlich ein Dachboden, den nie jemand betrat.

»Lass doch Britta gehen«, versuchte es Timon, »und dann gucken wir, wie wir das lösen ...«

Die sich in Mareks Klammergriff verkrampfende Britta sah Timon ungläubig an, sagte aber nichts.

Immer wieder empfing Timon auch verstohlene Blicke von Gudrun. Beiden war klar: Sie mussten gemeinsam handeln, aber wie? Sich zu zweit auf ihn stürzen? Dabei würde die verletzte Gudrun nicht viel ausrichten und Marek war auch Timon körperlich klar überlegen. Britta wäre in zu großer Gefahr, bevor der Kampf entschieden war.

Gudrun konzentrierte sich auf Britta, sah ihr fest in die Augen. »Mach dir keine Sorgen. Er wird dir schon nichts tun.«

Britta sah aus, als ob sie still betete.

»Sie kann nichts dafür, dass du dich aufregst«, sagte Timon. »Lass sie frei.«

Marek machte ein abfälliges Geräusch und rief: »Ihr könnt alle was dafür! Es kümmert euch doch alle einen Dreck, was in diesem Saftladen los ist!«

Sein Gesicht war von einem pinkstichigen Rot, an seiner linken Schläfe trat dick eine Ader hervor.

Egal, was passiert, es ist bald überstanden, dachte ein Teil von Timons Hirn, der erstaunlich ruhig blieb.

Es musste so kommen. Aber es ist das Ende einer schlimmen Zeit. Danach wird alles anders. Bald wirst du ohne Bauchschmerzen zur Arbeit fahren, dich vielleicht sogar darauf freuen.

Binnen Sekunden stieg dieser Wunschtraum in Timons Gedanken hoch und lenkte ihn von dem ab, was sich gerade vor seinen Augen abspielte, sogar von der Angst um seine Kollegin. Sie alle würden mit dem Schrecken davonkommen, während Marek im Gefängnis oder in einer Klinik landete. Sehr schnell würden sie ihn vergessen.

Brittas flehende Stimme holte ihn in die Realität zurück.

»Tut doch irgendwas! BITTE!«

Gudrun versuchte einen weiteren Anlauf.

»Marek, ich weiß nicht, was dich so aufgebracht hat. Aber ich bitte dich, deinen Ärger für einen Moment zu vergessen. Guck dir diese verfahrene Situation an. Und die arme Britta. Wie soll denn das jetzt weitergehen? Was hast du dir vorgestellt?«

Ihre Stimme klang ruhig und tief.

Sie macht das gut, dachte Timon.

Marek schüttelte ungeduldig den Kopf, als wären Gudruns Fragen lästige Fliegen um ihn herum.

Er hat sich nichts vorgestellt. Er weiß keinen Ausweg.

Für einen Moment schöpfte Timon Hoffnung.

Da erklang aus dem Raum hinter ihnen Evelyns Stimme, atemlos und entsetzt.

»Du bist ja vollkommen verrückt geworden!«

Timon drehte sich um. Die Chefin humpelte auf sie zu, stützte sich an der Wand ab, ihre Schläfe blutverkrustet.

»Was steht ihr denn da rum? Ruft niemand die Polizei?«

Sie griff zum Telefon.

»Evelyn, er …«, begann Timon.

»Ich mache ernst!«, brüllte Marek. »Sie fliegt da runter!«

Von Britta war ein erstickter Laut zu hören.

»Marek, bitte hör mir zu.« Evelyns Stimme zitterte, sie ließ das Telefon los. »Ich weiß, dass ich dich verärgert habe und ich entschuldige mich dafür.«

Timon traute seinen Ohren nicht.

Meinte sie das ernst? Oder war es Taktik?

Evelyn redete weiter beschwichtigend auf Marek ein, der sich aber nicht erweichen ließ, der wie immer jede Diskussion gewinnen musste. So ging das Gezeter von vorn los, wer wann was zu wem gesagt, wer warum an was schuld war.

Seine Geisel ließ Marek währenddessen nicht los. Brittas Augen waren nun die meiste Zeit geschlossen, so dass Timon sich fragte, ob nicht auch sie ohnmächtig geworden war.

Ihm fiel sein Handy ein.

Nach dem letzten Austausch mit Hassan hatte er es nicht zurück auf den Schreibtisch gelegt. Ein Griff von außen an seine Hosentasche bestätigte das.

Marek war durch den Streit mit Evelyn abgelenkt.

War das ihr Plan? Ihnen eine Chance zu verschaffen?

Timon positionierte sich so, dass sein rechter Arm hinter Gudrun verschwand, wo Marek ihn nicht sah. Der schleuderte gerade Evelyn den nächsten Fluch ins Gesicht und bemerkte keine Veränderung.

Jetzt die Hand in die Hosentasche, wo sie das Handy umschloss.

Sofort begann Timon zu schwitzen.

Konnte er es wirklich wagen, das glatte Ding herauszuholen und nur mit der einen, hinter Gudrun versteckten Hand zu bedienen?

Nicht lange nachdenken.

Schon war die Hand mit dem Smartphone draußen.

Sollte er Gudrun von hinten zuflüstern: Beweg dich jetzt bloß nicht? Das konnte Marek mitkriegen. Oder Gudrun würde es nicht sofort verstehen, sich zu ihm umdrehen. Dann wären alle Augen auf ihm und die Chance vertan.

Also was tun?

Timons erster Gedanke war, den Notruf zu wählen, die Person am anderen Ende der Leitung mithören zu lassen, was geschah. Er würde improvisieren müssen, laut irgendetwas sagen, dass die Situation erklärte.

Würden sie ihn ernst nehmen und den Anruf orten?

Völlig ungewiss.

Doch plötzlich wusste er, was stattdessen zu tun war.

Er senkte den Kopf und hoffte, dass das aus Mareks Sicht einfach nur aussah, als sei er erschöpft. Das Smartphone hielt er möglichst tief und mit dem Display nach oben in der rechten Hand, so dass er es selbst gerade so erkennen konnte.

Mit dem rechten Daumen tippte er den Freischaltcode, den er jetzt verfluchte. Der vom Schweiß feuchte Finger erwischte nicht sofort die richtigen Buchstaben.

Mit dem nächsten Versuch gelang es. Mit einem weiteren Tippen öffnete er die Messenger-App.

»Evelyn, ich kann nicht mehr«, hörte er von draußen.

Marek war vom Pöbeln ins Jammern verfallen.

Das war gut; er war ganz und gar mit Selbstmitleid beschäftigt und kümmerte sich in diesem Moment nicht darum, was Timon tat oder nicht tat.

»Dann beende das«, sagte Evelyn. »Lass Britta los und versprich, dass du dich beruhigst.«

Timon wählte in seinen Kontakten Hassan aus, der ohnehin ganz oben auf der Liste stand.

»Das kann ich nicht«, hörte er Marek sagen. »Wie soll es dann weitergehen?«

Jetzt lag ein Betteln in seiner Stimme. Sollten sie ihm etwa erklären, wie er aus der Sackgasse herauskam, in die er selbst blindlings gerannt war?

Timon schrieb an Hassan: Marek läuft Amok ruf die Polizei kein Scherz!

Ein letztes Tippen auf den grünen Pfeil.

Und die Nachricht war draußen.

Seine Hand zitterte.

Er zwang sich, sie ruhig mitsamt dem Smartphone wieder in seiner Tasche verschwinden zu lassen.

Als sie darin ruhte, schloss er die Augen, schluckte, atmete tief durch.

Sie würden kommen.

Und niemand hier ahnte es.

»Marek, ich sage jetzt, wie es ist«, sagte Evelyn. »Dir muss geholfen werden, du bist gefährlich.«

Doch damit hatte sie sich bei Marek zu weit vorgewagt.

»Das sagst ausgerechnet du, du hysterische Kuh!«, brüllte er und stieß Britta von sich weg – aber nur, um direkt auf Evelyn loszugehen.

Britta fiel auf die Knie. Gudrun half ihr auf und die beiden verschwanden eilig, während Marek Evelyn an die Kehle ging. Direkt an der Brüstung stehend, rangen die beiden miteinander, keuchend und fluchend.

»Hört endlich auf! Ihr seid vollkommen wahnsinnig!«, schrie Timon.

Doch die beiden hörten nichts mehr.

Evelyn war angeschlagen, doch sie kämpfte wild entschlossen. Sie zogen sich an den Haaren, boxten, traten und würgten einander.

Ein erneuter Blick auf sein Smartphone verschaffte Timon Erleichterung: Hassan hatte tatsächlich die Polizei losgeschickt. Das ließ er Britta und Gudrun wissen, die sich nur kurz gesammelt hatten und schon fast aus der Tür waren.

Danach lief Timon kopflos von einem Raum zum nächsten, nur um das schreckliche Geschehen auf der Terrasse nicht mitansehen zu müssen. Aus irgendeinem Grund konnte oder wollte er nicht einfach verschwinden.

Warum brauchte die Polizei so lange?

»Ich bringe euch alle um!«, hörte er Marek brüllen.

»Timon!«, rief Evelyn. »Du musst mir helfen! Er darf nicht wieder rein!«

Eine Hälfte von Timon wollte nun doch einfach wegrennen, aber die andere siegte.

Er sah, wie Marek versuchte, durch die Terrassentür ins Innere zu gelangen, und Evelyn ihm den Weg blockierte.

Nein, er durfte nicht wieder herein.

Evelyn rammte Marek ein Knie in die Magengrube, dass er sich krümmte, und nutzte den Moment, um selbst nach innen zu gelangen, wo Timon bereits die Tür heranzog. In dem Augenblick, bevor er sie schloss, erklang draußen die Sirene.

Durch das Fensterglas starrten sich Evelyn und Marek für mehrere Sekunden an, bis Marek einmal mit voller Wucht die Faust gegen die Scheibe schlug.

Er drehte sich weg, ging zurück an die Brüstung und sah hinunter, dorthin, wo jetzt der Streifenwagen stehen musste.

Einen Moment lang verharrte Marek reglos.

Ist er so verzweifelt, dass er springt?

Marek warf einen hasserfüllten Blick zurück zu Evelyn.

Ja, er ist verzweifelt. Aber nicht, weil er sich schuldig fühlt. Und er ist feige.

Fassungslos hörte Timon Marek nach unten brüllen: »Hey, hallo! Hier oben! Sie müssen mir helfen! Meine Mitarbeiter wollen mich umbringen!«

Blauglas

*In einer Phase, in der meine eigenen Ideen mich wenig begeister-
ten, probierte ich Fanfiction aus und tauchte dafür in Stephen
Kings Fantasy-Horror-Zyklus* Der Dunkle Turm *ein. Inspiriert von Kings Ideenreichtum und dankbar für die Einblicke,
die er selbst in seine Arbeit gewährt, habe ich mir erlaubt, eine eigene Story in sein beeindruckendes Universum hineinzu-
schmuggeln. Das hat diebischen Spaß gemacht! Auch wenn ich
eigene Figuren und Schauplätze für meine Geschichte erschaffen hatte, bediente sie sich recht umfangreich bei King, nutzte
seine Konzepte, Requisiten und einige sprachliche Wendungen.
Diese ursprüngliche Fassung der folgenden Story war vorüberge-
hend unter dem Titel* Blue Seven *im Forum von fanfiktion.de
veröffentlicht.*

*Da ich den „Ideendiebstahl" aber nicht kommerziell ver-
wenden wollte, habe ich die Geschichte für diesen Band umge-
schrieben. So wurde daraus meine erste, eigene Fantasygeschichte.
Verbliebene Ähnlichkeiten oder bewusste, kleine Verweise auf
den* Dunklen Turm *können hoffentlich als Hommage aufgefasst
werden. Sicher werden sie von den Liebhaber*innen von Kings
Saga erkannt; meine Geschichte lässt sich jedoch problemlos ohne
Kenntnis selbiger lesen.*

Morten trat durch den wilden, aber lautlosen Strudel in der
Luft, hinter dem die Ungewissheit lag. Fest drückte er Helens
linke Hand mit seiner rechten. Als er den Wirbel durchschritt,

fühlte es sich für einen Augenblick an, als würde er von einer gewaltigen Kraft fortgerissen, und er wusste nicht mehr, wo oben und unten war.

Doch als sein Fuß wieder Boden spürte, war das schwindelerregende Gefühl sofort vorbei.

»Das ist normal«, sagte Helen und fasste ihn kurz am Arm. »Keine Sorge.«

Der Strudel lag direkt hinter ihnen, vor sich erkannte Morten einen dunklen Gang.

Helen drückte den Einschaltknopf ihres flachen, runden Compagnons. Es ertönte die vertraute Stimme: »Bonjour, chers voyageurs. Guten Tag, verehrte Reisende. Hier spricht Emile. Mein Ladezustand ist gut. Seit der letzten Ortung haben Sie 339,4 Würfe zurückgelegt und ein Portal passiert.«

Das Display des Compagnons leuchtete bläulich auf und ließ Helens Gesicht in der Dunkelheit schweben.

»Da ist es, Morten!«, rief sie aufgeregt. »Es war das richtige Portal!«

Sie hielt ihm den Bildschirm vor das Gesicht, der bereits einige Kratzer hatte. Die Aufschrift ›LaTour‹ am unteren Rand war nur noch undeutlich zu erkennen. Auf Emiles digitaler Karte leuchtete nun erstmals ein runder, blauer Punkt auf, in einigem Abstand zur roten Markierung, die ihren Standort zeigte.

»Wie weit ist es, Emile?«, fragte Helen.

Aus dem Gerät waren einige regelmäßige, knackende Geräusche zu hören, als würde es zählen.

Das Blauglas war so nah wie noch nie.

Auf diesen Augenblick hatten sie gewartet, seit Helens Ausbilderin Rebecca ihnen den Compagnon überlassen hatte. Sie hatte ihnen erklärt, dass Emile vor langer Zeit so programmiert worden war, dass er den Weg weisen konnte zu machtvollen, gefährlichen Objekten unterschiedlichster Art. Das Grüngewand, der Rotstein, das Blauglas. Magier längst vergangener Zeiten hatten die Gegenstände erschaffen; niemand wusste, wie viele es tatsächlich waren und wo sie sich befanden.

Zerbrechlich, wie das Universum jetzt war, durfte keines von ihnen in die falschen Hände gelangen, so hatte Rebecca gepredigt. Sollte jemals eines der Objekte wieder auftauchen, mussten sie es ausfindig machen und an einem sicheren, geheimen Ort wegsperren.

Als einzige ihrer Ausbilderzunft hatte Rebecca die Erinnerung an die unheilvolle Sammlung aufrechterhalten und an Helen weitergegeben, die mutigste und ehrgeizigste Schülerin, die sie je unterrichtet hatte. Doch seit Jahren hatte niemand mehr von Dingen wie dem Blauglas gesprochen. Auch nicht über Emiles Funktion, sie orten zu können.

Umso größer war der Schock gewesen, als der Compagnon eines Tages nach länger anhaltenden, knarzenden Geräuschen drei laute Pieptöne von sich gegeben und anschließend vermeldet hatte: »Localisation effectuée. Ortung erfolgt. Le Verre Bleu. Das Blauglas. Bitte reisen Sie 353,2 Würfe nach Westen.«

Jemand musste das Blauglas gefunden und dadurch aktiviert haben. Oder die in Unordnung geratenen Welten waren sich so nahe gekommen, dass dies die Ortung ermöglicht hatte.

Rebecca hatte keine Überzeugungsarbeit leisten müssen. Sofort war Helen klar gewesen, dass sie Emile folgen und sich auf die Suche begeben würde. Ihr einziger Wunsch: nicht allein zu gehen. Helens Wahl war auf ihren treuen Freund Morten gefallen, der zwar niemals mit tödlichen Waffen kämpfen würde, aber so scharfsinnig war, dass es an eine unheimliche Begabung grenzte.

Für Morten hatte es keinen Zweifel gegeben, dass er die Frau, die er kannte, seit sie Kinder waren, mit der er so viel durchgestanden hatte, nicht im Stich lassen würde. Doch ohne Argwohn begab er sich nicht auf die Reise – was vor allem an der künstlichen Intelligenz lag, die ihnen den Weg wies. Maschinen jeglicher Art, darunter auch der eine oder andere Compagnon, hatten sich in seinem Leben oft genug als wenig vertrauenswürdig erwiesen. Warum sollten sie Emiles Hinweisen jetzt blind vertrauen?

Bis jetzt hatte er sie zum Portal geführt, dem einzig richtigen Weg, der sie in die Welt führte, in der das Blauglas aufbewahrt wurde.

Aufbewahrt von wem?

Was, wenn Emile sie in eine Falle führte?

Das runde Navigationsgerät knackte erneut drei, vier Mal.

Dann sagte Emiles eher männliche, aber fast geschlechtslose Stimme: »Localisation effectuée. Ortung erfolgt. Das Blauglas befindet sich elf Komma acht Würfe östlich Ihres aktuellen Standortes.«

Helen und Morten sahen sich an.

Sie waren ihrem Ziel viel näher, als sie gedacht hatten.

»Dann los«, sagte Helen.

Sie liefen den Tunnel entlang, durch den eine schmale Straße führte. Emile hatte auf Helens Bitte hin seine Taschenlampenfunktion aktiviert. Sein Licht wurde von hellen Fliesen an den Wänden reflektiert. An den Seiten waren in regelmäßigen Abständen breite Strahler angebracht, die entweder abgeschaltet waren oder nicht mehr funktionierten. Doch aus der Ferne konnten sie einen vagen Lichtschein sehen. Als sie sich ihm näherten, sahen sie, dass der Gang sich dort etwas verbreiterte und vor zwei Toren endete.

»Sieht aus wie ein Lift«, sagte Helen.

»Ja, groß genug für Fahrzeuge.«

Helen drückte auf einen der großen, silbernen Knöpfe zwischen den beiden Toren, aber es passierte nichts.

Rechts an der Seite öffnete Morten eine viel kleinere Tür, hinter der eine Treppe nach oben führte. Sie folgten ihr, rechts neben ihnen eine steinerne Mauer, links ein Geländer. Dahinter konnten sie in die Tiefe blicken, hinunter auf die überdimensionierten, offenbar stillgelegten Fahrstühle.

Helen kam sich vor wie im tiefen Inneren einer Maschine, ließ sich aber das Unbehagen nicht anmerken.

Der Aufstieg dauerte nicht lang und sie traten durch eine weitere kleine Tür ins Freie, wo ein kräftiger Wind blies. Es war Tag, wenn auch trüb und wolkenverhangen. Sie befanden sich in einer Stadt – oder dem, was davon übrig war. Einige gläserne Hochhäuser in der näheren Umgebung waren verfallen, ebenso eine Zeile aus kleineren Häusern, deren Fassaden Reste hübscher Verzierungen trugen. Hinter ihnen stand das kuppelförmige Gebäude, das die Fahrzeuglifte beherbergte.

Die Stadt lag an einem Fluss, dessen bräunliches Wasser sie unweit vor sich sahen. Ein schmaler, überdachter Gang führte über halb verfaulte Holzplanken hinunter auf einen Ponton. Der Tunnel, durch den sie heraufgekommen waren, führte ans andere Ufer – drüben, wo er endete, stand ein weiteres Haus mit einem Kuppeldach.

Lebenszeichen sahen sie nirgendwo. Nichts war zu hören außer dem Brausen des kalten Windes, nicht einmal Möwen kreisten über dem Fluss.

Sie umrundeten das Gebäude, hin zur wasserabgewandten Seite. Dort führte über ihren Köpfen eine schmale Bahntrasse entlang, von verrosteten Pfeilern gestützt. Darunter verlief parallel ein Gehweg, der jedoch größtenteils von meterhohen Büschen überwuchert war.

»Wie heißt diese Stadt?«, fragte Helen.

»Für diesen Ort ist kein Name hinterlegt«, sagte Emile.

Morten sah in Helens blasses Gesicht. Ihr braunes Haar hing ihr matt und strähnig in die Stirn, ihre Lippen waren bläulich. Sie sah ungeduldig aus, aber nicht nur, weil sie fror.

»Wohin jetzt?«, fragte er.

Helen prüfte erneut Emiles Display.

»Osten ist ziemlich genau dort«, sagte sie und wies die Bahnlinie entlang, die parallel zum Flussufer verlief.

»Monument historique tout droit. Historisches Gebäude voraus. Sieben Komma neun Würfe östlich Ihres Standortes«, meldete Emile.

»Was für ein historisches Gebäude?«, fragte Morten.

Emile blieb stumm.

Sie folgten dem Gehweg unter der Eisenbahn, bis sie an eine Brücke kamen, über die eine Straße auf eine Insel im Fluss führte. Auf der Insel, noch teilweise im Dunst verhüllt, stand ein kolossales Bauwerk, fast so breit wie hoch, das im unteren Teil aus rötlichem Stein, im oberen aus Glas bestand, in dem sich das wenige Sonnenlicht immer wieder brach. Ziehende Wolken spiegelten sich darin. Die Oberfläche schien nicht eben, sondern eigentümlich wellenförmig zu sein. Auch sie war zum Teil zerstört, im Glas klafften mehrere große Löcher.

»Ist das deine Attraktion, Emile?«, fragte Morten.

Das Gerät antwortete nicht.

»Sieht so aus, als befände sich das Blauglas in diesem Gebäude«, sagte Helen.

»Blauglas«, sagte Emile. »Le Verre Bleu. Das Blauglas ist ein altes, magisches Objekt. Es ist dunkelblau.«

»Wissen wir«, sagte Morten.

Emile fuhr unbeirrt fort: »Das Blauglas ist ein Gefäß von 5,4 Steinen Höhe. Es ist in anderen Regionen als Blaukelch bekannt, in anderen Welten nannte man es einst auch den Nachtgral. Sein Alter ist unbestimmt. Die Magie des Blauglases wird besonders denjenigen, die zu Obsessionen neigen, zum Verhängnis. Wer in sein Inneres sieht, könnte genau die Variante der Zukunft sehen, vor der er sich am meisten fürchtet, was seine Zwangsvorstellungen noch verstärken wird. Wer besonders begabt ist, dem zeigt das Blauglas auch die Obsessionen seiner Mitmenschen. Diese Definition von ›Blauglas‹ wurde Ihnen präsentiert von LaTour. Cette définition du ›Verre Bleu‹ vous a été présentée par LaTour.«

Morten war sicher, dass Emile exakt die gleiche Erklärung schon mindestens zweimal ungefragt von sich gegeben hatte.

Sie standen nun direkt vor der Brücke und ihm fielen erst jetzt die beiden Statuen auf, die wie Wächter links und rechts hockten: zwei Wölfe von identischer Größe und Haltung, sitzend, auf die Vorderpfoten gestützt.

Helen lief voran, fast im Laufschritt vorbei an dem verbogenen, teilweise komplett fehlenden Brückengeländer.

Morten mochte es nicht, wenn alles so schnell ging, wenn so völlig ungewiss war, ob sie sich gerade in Gefahr begaben.

Und dann war es, als hätte er wieder eine seiner Vorahnungen gehabt. Rechts vor ihm, auf der anderen Seite des Geländers, nahm er eine flüchtige Bewegung wahr. Schon schwang sich eine hagere Gestalt über die Brüstung und raste auf ihn zu, nahezu konturlos wie ein Schatten. Er sah nur übernatürlich lange Arme und einen unförmigen, haarlosen Kopf, und dass sich ein zweites Wesen Helen von der anderen Brückenseite aus näherte.

»Pass auf!«, schrie Helen.

Morten blickte in weit aufgerissene, rot unterlaufene Augen und blieb wie gelähmt stehen. Gleichzeitig sah er, dass Helen blitzschnell reagierte und schon ihren Revolver gezogen hatte. Einmal schoss sie, ein zweites Mal, da lag die zweite graue Gestalt schon zusammengekrümmt vor ihr auf der Straße.

Doch da hatte die erste Gestalt Morten schon mit einem Arm um die Hüfte gepackt. Sie war ungeheuer stark. Obwohl sie kaum größer und viel dünner war als er, riss sie ihn einfach mit sich. Morten blieb die Luft weg, als das Wesen einen heiseren Schrei ausstieß, mit ihm im Arm einen riesigen Satz machte und einfach über das Brückengeländer sprang.

»Morten!«, hörte er noch Helens panische Stimme.

Dann einen weiteren Schuss, der sein Ziel jedoch verfehlte. Schon hangelte sich das widerliche Geschöpf wie ein Affe mit dem freien Arm und seinen Füßen in einem schwindelerregenden Tempo an der Unterseite der Brücke entlang und verschwand mit Morten auf der anderen Seite in einer dunklen Öffnung in der Hafenmauer.

Helen verlor keine Zeit, doch so schnell konnte sie nicht folgen. Sie rannte bis ans Ende der Brücke, musste dort vorsichtig an der Mauer nach unten klettern, um nicht abzurutschen und ins Wasser zu stürzen, und stieg durch das Loch in der Wand, in welches das Wesen ihren Freund verschleppt hatte. Alle ihre Sinne waren geschärft, die Pistole im Anschlag.

Sie hatte schon gegen so manche Mutantenart gekämpft, aber die Kraft und Schnelligkeit dieser ihr unbekannten Spezies erschreckten sie.

Helen durchquerte einen großen, leeren Lagerraum, dessen Holzboden morsch war und hier und da nachgab. Darunter hörte sie Wasser gluckern. Am anderen Ende des Raumes führten ein paar Stufen nach oben zu einer Tür.

Bevor sie sie aufzog, warf sie einen Blick auf den Kompass: Der blaue Punkt war viel näher gekommen und befand sich hier im Gebäude. Doch sicher würde ihr das Blauglas nicht einfach vor die Füße rollen. Es würde irgendwo versteckt sein, eingeschlossen und behütet.

Doch zuerst musste sie Morten wiederfinden.

Helen lud ihre Pistole nach und betrat ein Treppenhaus.

Der scheußliche Wachhund, denn nichts anderes war der Mutant, schubste Morten in eine Kammer und sperrte ab. Der Raum war leer, die Wände kahl. Durch ein kleines, schmutziges Fenster sah er undeutlich den braunen Fluss.

Kurz darauf ging die Tür wieder auf. Zwei Männer und eine Frau traten ein, die auf den ersten Blick alle gleich aussahen: der gleiche Kurzhaarschnitt, graue Anzüge und schwarzglänzende Lederschuhe.

»Der Kelch hat euch verraten«, sagte die Frau ausdruckslos. »Natürlich kommt ihr, um ihn zu holen. Aber er ist nicht auf eurer Seite.«

»Er hat seinen Platz hier bei uns«, ergänzte der Mann neben ihr. Er war etwas kleiner und hatte einen stechenden Blick. Der Dritte, der etwas kräftiger als die anderen war, sagte: »Wir zeigen ihn dir, aber wir werden dich nicht gehen lassen.«

Helen schlich mehrere Treppen hinauf und durch mehrere Flure, bis sie hinter einer Glasscheibe zum ersten Mal jemanden sah: Eine Frau mit kurzen Haaren in einem grauen Anzug saß in einem abgedunkelten Zimmer. Vor ihr auf einem Tisch stand ein breiter Monitor. Mit beiden Zeigefingern tippte sie verbissen darauf herum, das Gesicht schweißbedeckt.

Helen schlich gebückt unter dem Fenster vorbei, glaubte aber, dass die Frau sie ohnehin nicht bemerkt hätte.

In einem weiteren Raum saßen zwei Männer sich gegenüber an einem Tisch, beide kritzelten frenetisch und mit starrem Blick auf Zetteln herum. Einer von ihnen sah erschreckend hohlwangig aus, er schien mit letzter Kraft zu schreiben.

Helen musste sich zwingen, den Blick davon abzuwenden und weiterzugehen.

Was taten diese Gestalten hier?

Ein Blick auf den Compagnon zeigte ihr, dass das Blauglas in unmittelbarer Nähe war.

Dann hörte sie eine Stimme.

Sie war nicht mehr allein auf dem Flur.

Gegenüber dem Zimmer, in dem sie die beiden Männer beobachtet hatte, befand sich eine Tür zu einem weiteren Raum mit Fenster. Hinter dem Fenster war es dunkel. Das hieß natürlich nicht, dass niemand in dem Zimmer war, aber Helen blieb keine Wahl. Sie öffnete die Tür vorsichtig, schlüpfte hindurch und schloss sie leise wieder.

In dem Raum rührte sich nichts. Sie blieb direkt an der Tür stehen, abseits des Lichtscheins, der durch das Fenster aus dem Gang hineinfiel.

Dann hörte sie die Stimme und Schritte näherkommen.

Ein Mann redete auf eine zweite Person ein, die stumm blieb. »... kann das nicht dulden, das wissen Sie ...«, verstand Helen. »Jeder, der dieser Arbeit nachgeht, muss die Regeln Punkt für Punkt verinnerlicht haben. Sie müssen sie im Schlaf aufsagen können. Wenn wir bei der nächsten Kontrolle feststellen, dass Sie ...«

Die Personen entfernten sich.

Helen wartete eine Weile, dann verließ sie den Raum.

In dem Zimmer gegenüber war der hohlwangige Mann aufgestanden und stand jetzt an der rechtsseitigen Wand vor einem großen, schwarzen Bildschirm. Er drückte auf einen Knopf an der Seite, der Bildschirm flackerte auf. Dann war darauf ein Raum zu sehen, in dessen Mitte ein großer Tisch stand, um den herum mehrere Personen versammelt waren. Offenbar übertrug eine Kamera das Bild aus einem anderen Raum im gleichen Gebäude.

Der Mann drehte an einem Knopf, der Tisch wurde auf seinem Bildschirm herangezoomt.

Irgendetwas stand darauf.

Die Personen saßen völlig reglos dort. Sie alle sahen sich zum Verwechseln ähnlich.

In der oberen rechten Ecke zeigte der Bildschirm in weißer Schrift: C19.

Der Mann zoomte weiter heran, und nun sah Helen, was sich auf dem Tisch befand: ein großes, dunkelblaues Gefäß mit breitem Kelch und einem ungleichmäßig geformten, aber dicken Stiel auf einem grauen Sockel.

Das Blauglas.

Die versammelten Personen starrten alle auf den Kelch, die Hände reglos vor sich auf dem Tisch.

Helens Magen verkrampfte sich, als sie sah, dass eine der Personen doch nicht wie die anderen aussah: Am gegenüberliegenden Ende des Tischs, im Gegenlicht vor einem Fenster, erkannte sie die Gestalt von Morten. Reglos wie die anderen.

Der Mann mit den eingefallenen Wangen zoomte noch näher heran, bis der schalenförmige Teil des Gefäßes das Bild beinahe völlig ausfüllte.

Er stierte in das blaue Glas. Ob es eine Flüssigkeit enthielt, war nicht zu erkennen. Doch auch von weiter weg konnte Helen sehen, dass seine Farbe nicht gleichmäßig war. Irgendetwas zeichnete sich in seinem Inneren ab.

Es wurde schärfer und sah nun aus wie ... der Umriss einer Person vor einem hellen Hintergrund?

Der Mann lehnte sich vor, kniff die müden Augen zusammen, riss sie plötzlich auf und fuhr herum.

Im selben Augenblick erkannte Helen, dass sie selbst es war, die der Mann dort gesehen hatte. Sie selbst, wie sie hier am Fenster stand und ihn beobachtete.

Das verdammte Glas hatte sie enttarnt.

Sie zögerte keine Sekunde und zog den Revolver, während der Mann durch die Tür zu ihr hinausgehechtet kam.

Sie schoss einmal und traf ihn sofort in die Stirn. Er fiel zurück gegen die geöffnete Tür und sackte zu Boden.

Der zweite Mann im Raum war erstarrt sitzengeblieben. Er hob die Hände, während Helen ihren Revolver nachlud und sah sie verständnislos an.

Er würde ihr nicht folgen. Und selbst wenn, wäre er kein ernstzunehmender Gegner.

Sie verließ den Raum und nun registrierte sie, dass draußen neben der Tür ein kleines Metallschild die Zimmernummer verriet: B26.

Sie rannte los.

»Wo ist C19, Emile?«, rief sie.

Sie hatte das Navigationsgerät wie üblich an ihrem Gürtel befestigt, um die Hände frei zu haben.

Doch Emile schwieg.

Morten wurde in einen anderen Teil des Gebäudes geführt. Er versuchte so viel zu beobachten, wie er konnte. Die merkwürdigen Wesen in ihren Anzügen, menschlich, aber maschinenhaft kalt. Sie waren immer mindestens zu dritt um ihn herum und beobachteten ihn ihrerseits scharf. Er würde nicht aus eigenen Kräften entkommen können.

Helen hätte sie bekämpft und hätte es sicher geschafft. Aber das war nicht seine Stärke.

Einmal sah er einen der Mutanten wie den, der ihn auf der Brücke gepackt hatte. Er kroch geradezu den Flur entlang und hielt den Kopf gesenkt, als sie vorbeigingen, wie ein geschlagener Hund. Was hielt diese Wesen hier fest wie Sklaven, wo sie doch so kräftig waren, den anderen sicher überlegen?

In dem verwinkelten Gebäude sah jedes Stockwerk gleich aus. Die Räume waren durchnummeriert.

Sie erreichten Zimmer C19, er wurde hineingeschoben.

Dort, in der Mitte eines großen Tisches, thronte das Blauglas wie in Erwartung einer wunderlichen Zeremonie.

Seine Begleiter stellten sich zunächst im Kreis um den Tisch und blickten auf das Gefäß.

»Wir grüßen dich, Blaukelch«, sagte einer der Männer mit kräftiger Stimme.

Morten musste ein Lachen unterdrücken, so pathetisch klang es. Doch dann sah er, dass die Schale des Gefäßes von innen zu leuchten begann und sah selbst fasziniert hin.

Die Gestalten nahmen zeitgleich am Tisch Platz.

Die Frau sagte zu Morten: »Sieh in den Kelch hinein.«

Er würde auf der Hut sein müssen. Emiles Warnungen über den gefährlichen Zauber des Objekts glaubte er durchaus. Doch er war zu neugierig, das blaue Licht zu verlockend. Wann würde er so etwas jemals wieder zu sehen bekommen?

Langsam setzte sich Morten und schaute in das Glas.

Es war leer, aber leuchtete von innen.

Zunächst war da nichts als ein tiefes Blau, das zur Mitte hin heller wurde. Es war ungemein beruhigend. Morten vergaß für einen Moment, wo er war und wie er dorthin gekommen war.

Dann fiel es ihm plötzlich wieder ein und er klammerte sich an den Gedanken, zwang sich, sich von dem Blauglas nicht einlullen zu lassen.

Denn darin bewegte sich etwas.

Sei auf der Hut, dachte er. Es ist ein Zauber.

Dann trat ein vertrauter Umriss hervor.

Es war Helen.

Sie war in der gläsernen Hülle vor ihm und irgendwie doch nicht. Das Blau umgab sie und ihn plötzlich ganz.

Sei auf der Hut, sagte sein Verstand wieder. Es ist nur eine Fantasie!

Aus dem Blau tauchte eine weitere Gestalt auf. Mortens Herz setzte kurz aus, als er sich selbst erkannte. Wo Helen und er sich dort befanden, konnte er nicht sehen.

Sah er eine Szene aus der Vergangenheit oder aus der Zukunft? Sie wirkten weder älter noch jünger.

Und sahen die anderen um ihn herum die gleiche Szene oder jeder seine eigene?

Er sah Helen, wie sie seinem Abbild gegenüberstand. Ihre Blicke waren ernst, ihre Mienen verkrampft. Helens Lippen bewegten sich, aber Morten vernahm zunächst keinen Ton.

Dann hörte er sich selbst mit vor Zorn zitternder Stimme fragen: »Kannst du noch an etwas anderes denken als an diesen furchtbaren Zauberei-Plunder? Bist du überhaupt noch ein Mensch? Oder nur noch ein Roboter, der Dinge sammelt?«

Die Helen aus der Vision sah tief verletzt aus.

Und Morten war plötzlich eins mit dem Morten, den er im Glas gesehen hatte. Helen sah ihn nun direkt an und schrie: »Wie kannst du mich das nur fragen? Du, der mich am besten kennt von allen?«

»Aber ich erkenne dich nicht mehr! Wenn du nicht aufhörst, wie besessen zu suchen, siehst du mich nie wieder!«

Einerseits rief Morten es selbst, andererseits hörte er sich dabei zu. Es war ein schreckliches Gefühl, von dem er dachte, es würde seinen Kopf zum Bersten bringen.

In diesem Moment gab es einen ohrenbetäubenden Lärm. Die Vision zersprang vor seinen Augen, das Licht des Blauglases erlosch.

Helen, die echte Helen, hatte die Tür aufgerissen und sofort das Feuer eröffnet.

Die zwei Männer, die rechts und links von Morten saßen, waren bereits tot am Tisch zusammengesackt. Die Frau und ein weiterer Mann stellten sich schützend vor das Glas.

Helen ignorierte sie. Zwei der grauen Wachhund-Mutanten hatten sich, vom Lärm angelockt, durch den Gang genähert. Einer packte einfach Helens Revolver mit der Hand und zerrte daran, aber bevor er ihr entgleiten konnte, hatte sie geschossen und das Wesen taumelte rückwärts.

Der zweite machte einen Satz in Mortens Richtung, über seinen blutenden Artgenossen hinweg. Morten konnte ihm ausweichen, aber die Frau im grauen Anzug versperrte ihm den Fluchtweg, so dass das Scheusal ihn von hinten packte.

Helen hatte keine freie Schusslinie auf den Mutanten, aber sie traf die Frau von hinten in die Schulter. Diese schrie auf und ergriff gemeinsam mit ihrem letzten, verbliebenen Komplizen die Flucht.

Mortens Angreifer hatte ihn zu Boden geworfen, hockte nun über ihm und begann, ihn zu würgen, die großen Hände sofort fest wie zwei dicke Stahlringe.

Doch so hatte der Mutant seinen Rücken Helen zugewandt.

Als ihre Kugel das Wesen in den Hinterkopf traf, fiel es direkt auf Morten, der es angewidert von sich stieß. Die graue Haut über den steinernen Muskeln fühlte sich seltsam dünn wie Pergamentpapier an, der leblose Körper roch faulig.

Morten rappelte sich hoch und sah Helen an.

Ihre Augen waren weit aufgerissen, sie atmete flach.

Er wollte sich bedanken, dass sie ihm das Leben gerettet hatte, aber er brachte kein Wort hervor.

Dann hob Helen erneut den Revolver.

Diesmal zielte sie direkt auf den großen, blauen Kelch auf dem Tisch.

Im Inneren des Glases schimmerte es leicht.

»Von dem Gebrauch von Schusswaffen in Gegenwart von magischen Objekten ist abzuraten«, meldete sich die Stimme von Emile an Helens Gürtel.

»Warte, du weißt nicht, ob ...«, rief Morten.

»Es ist mir egal«, sagte Helen ruhig. »Ich weiß, was du gesehen hast.«

Dann schoss sie.

ENDE

Danksagung

Mein größter Dank gilt François. Ich danke dir für deinen unermüdlichen Einsatz bei der Covergestaltung ebenso wie für dein Lektorat! Ohne dich hätte ich es nicht geschafft, mir mit diesem Buch einen weiteren Traum zu erfüllen.

Allen Freunden und Freundinnen und meiner Familie vielen Dank für eure Unterstützung. Dass ihr mein Autorendasein so neugierig verfolgt, motiviert mich sehr!

Danke sagen möchte ich auch all den anderen Autor*innen und Buchbegeisterten, die ich in jüngster Zeit virtuell und zum Teil schon persönlich kennenlernen durfte. Was für eine bunte, offene und hilfsbereite Gemeinschaft!

Spezieller Dank geht an Karl-Heinz für den schönen Buchsatz sowie alle unter euch, die mir als Testleserinnen und Testleser so wertvolles Feedback für mehrere Geschichten in diesem Band gegeben haben.

Dank euch allen ist das Autorenleben alles andere als einsam!

Michael

CASPARS

— THRILLER —

SCHATTEN

MICHAEL
LEUCHTENBERGER

Michael Leuchtenberger

Caspars Schatten

ein geisterhafter Thriller

Eine Einladung wie aus dem Nichts.
Ein Wiedersehen mit einem exzentrischen Jugendfreund.
Für David und Miriam beginnt mit dem eigentlich erfreulichen
Anlass ein Albtraum. Caspar ist überzeugt, einen Bund mit
unsichtbaren Mächten geschlossen zu haben. Zu spät erkennen
die Geschwister, wozu ihr alter Gefährte fähig ist ...

»Ein wohliges Gruseln, Unbehagen und das Gefühl permanen-
ter Bedrohung stellen sich beim Lesen ein. (...) Die Bedrohung
ist stets vorhanden, verdeckt von einem dünnen Schleier Nor-
malität, unter dem es brodelt.« – PHANTASTIK-COUCH.DE

»Die Atmosphäre wird von Seite zu Seite dichter, der Autor
schafft es, den Leser langsam aber sicher in wildere Fahrwasser
zu lenken. Ehe man sich versieht, steckt man mittendrin in einer
ganz außergewöhnlichen Geschichte.« – DIE FABELHAFTE
WELT DER BÜCHER

ISBN: 9-783-7481-8626-7
Verlag: Books on Demand

Triggerwarnungen

Dieses Buch enthält fiktive Schilderungen von Erlebnissen, die ggfs. Auslösereiz bei Betroffenen sein können:

Das Archiv
– enge Räume / eingesperrt sein
– Sinnestäuschungen
– Übelkeit und Erbrechen
– gefesselt sein

Lampionfest
– Ausgrenzung
– Fremdenfeindlichkeit / Rassismus

Die schwarzen Augen
– gewaltsamer Tod und Blut

Marie Marais
– Leiche / Verwesung / Tod
– Übelkeit und Erbrechen

Das schwarze Bild
– enge Räume / eingesperrt sein
– (Tod durch) Feuer

Radegundes Kamm oder Die unverhoffte Flucht
– eingesperrt sein
– Kontrolle und Überwachung

Geisternetz
– gefesselt sein
– gewaltsamer Tod und Blut
– Übelkeit und Erbrechen

Der Despot
– Amoklauf und Geiselnahme
– körperliche Gewalt
– Morddrohung

Blauglas
– Gebrauch von / Tod durch Schusswaffen
– Entführung

Die Geschichten zeigen auf erster Seite den Hinweis: